우리 함께 가자 이 길을!

문기주가 기억하는 노무현 대통령

우리
함께 가자
이 길을!

문기주 지음

(주)중앙출판사

서울광장 故 노무현 전 대통령 노제 (2009.5.29)

빗속에서 누가 우나

"지역색이 없는 나라를 만들겠습니다.

권력으로부터 핍박받지 않는 나라를 만들겠습니다."

아직도 유효한 바보 노무현 대통령의 말입니다. 그의 죽음이 알려졌을 때 우리는 울었지만, 그는 울지 못했습니다. 하늘은 쨍쨍했는데, 우리들의 하늘은 장대비를 내리고 있었습니다. 그가 목숨을 끊을 만큼 잘못을 했던 것일까요? 아니면 그 모든 분란을 그가 오롯이 혼자 지고 간 것일까요?

그는 결국 그가 가장 싫어했던 공권력의 힘에 무너졌습니다. 막강한 언론 권력 앞에 쓰러졌습니다. 홀로 벌거벗겨진 채 처참하게 누워 버렸습니다. 왜였을까요? 짐승도 하지 않을 짓을 하고도 버젓이 활개 치고 살아가는 전 권력자들이 있는데, 왜 오직 그만 눈을 감아 버렸을까요?

그것은 아무도 모릅니다. 당시 그의 흉중에 무엇이 들어 있었는지, 무슨 할 말이 있었는지. 그러나 우리는 알 수 있었습니다. 그가 아무 말을 하지 않아도 우리 가슴을 쓸고 가는 눈물의 의미로 하여 그의 말을 들을 수 있었습니다.

그 많은 사람의 눈물, 그 눈물이 모든 것을 말해 주고 있었습니다. 개나리색 리본을 달며 몸부림치던 우리는 노무현의 진정을 확인했습니다. 슬피 우는 부모들을 달래는 고사리손들로 하여 그의 마음을 확인했습니다.

그가 대통령이 되어 이라크를 방문했을 때의 일입니다. 찬반 논란이 많았던 이라크 파병을 결정하고, 그곳에 파견된 장병들 걱정이 많았던 노무현 대통령은 사막에서 고생하는 장병들을 그냥 그대로 둘 수가 없었습니다. 때없이 포탄이 쏟아지는 머나먼 타국 땅 이라크에서 그들은 이미 7개월을 보내고 있었습니다.

노무현 대통령은 그들을 찾아갔습니다. 그리고는 타국 땅에서 고생하는 장병들에게 격려와 찬사를 쏟아냈습니다. 바로 그때 병사 하나가 단상으로 올라왔습니다. 그리고 노무현 대통령

이라크 아르빌 자이툰부대를 방문해 장병들을 위로하는 노무현 대통령(2004. 12. 8)

을 꽉 끌어안으며 외쳤습니다.

"아버지!"

한 장병의 느닷없는 행동에 경호원들은 당황하여 어쩔 줄 몰랐습니다.

그러나 대통령은 손짓 한 번으로 재빠르게 다가오는 경호원들을 막으며 조용히 말했습니다.

"그래, 아들아!"

그리고 그 병사를 한 아름 껴안았습니다. 그 광경을 본 모든 장병이 울기 시작했습니다.

노무현, 그가 대통령이었기에 그 병사는 대통령을 향해 아버지라고 부를 수 있었습니다. 노무현 그가 대통령이었기에, 그는 그 병사를 그렇게 끌어안을 수 있었습니다.

그가 말하고, 살아간 그 모든 것이 진리는 아니었습니다. 그러나 그는 가난한 사람들, 병들고 힘든 사람들을 도와주고 싶어 하였습니다. 남북으로 분단된 이 나라를 위해 무언가 하고 싶어 하였습니다. 그래서 그의 마음은 늘 불안했습니다. 해야 할 일이 많았으니까요.

"너무 슬퍼하지 마라. 삶과 죽음이 모두 자연의 한 조각 아니 겠는가? 미안해하지 마라. 누구도 원망하지 마라. 운명이다. 화 장해라. 그리고 집 가까운 곳에 아주 작은 비석 하나만 남겨라. 오래된 생각이다."

이것이 그의 유언입니다.

오래된 생각. 이 마지막 구절이 우리를 울게 합니다. 그의 오 래된 생각은 정말 어떤 것이었을까요?

지금 홀로 비 내리는 대한민국이라는 하늘 아래서 울고 있는 그에게 묻고 싶습니다. 앞으로 우리가 어떻게 이 나라에서 살아 가야 하느냐고.

목숨을 버린 뒤에야 진정한 대통령이 된 바보 노무현 대통령, 그를 기리기 위해 이 글은 하오체를 씁니다.

초여름 화창한 햇볕을 받으며.

2020년 6월

문기주

차 례

1

우리
함께 가자
이 길을!

5월의 하늘

 2009년 5월의 끝자락, 우리나라의 중심 서울, 광화문 광장 근처에는 노란 추모 물결이 넘실대고 있었습니다. 그 옛날 김구 선생님이 돌아가셨을 때처럼 차고 넘쳤습니다. 시청 앞, 종로 등 서울의 심장부는 온통 노란색 천지였습니다. 전국 각지에서 모여든 시민들은 눈물을 뿌리며 풍선을 날렸습니다.

 저도 모르게 미당(未堂)의 시 '광화문'을 떠올렸습니다. '광화문'은 시를 배우리라 처음 마음먹었을 때, 미당의 다른 시들은 제쳐두고 수없이 외웠던 시입니다. 비록 친일 문학으로 갑론을박이 있지만, 제가 시를 배울 당시에 미당은 한국 시를 온몸으로 지탱해 온 시인이었습니다. 제게도 더할 나위 없는 스승이었습니다.

광화문(光化門)

서정주

북악(北岳)과 삼각(三角)이 형과 그 누이처럼 서 있는 것을 보고 가

다가

형의 어깨 뒤에 얼굴을 들고 있는 누이처럼 서 있는 것을 보고 가

다가

어느 새인지 광화문 앞에 다다랐다.

광화문은

차라리 한 채의 소슬한 종교.

조선 사람은 흔히 그 머리로부터 왼 몸에 사무쳐 오는 빛을

마침내 버선코에서까지도 떠받들어야 할 마련이지만,

왼 하늘에 넘쳐 흐르는 푸른 광명(光明)을

광화문 – 저같이 의젓이 그 날갯죽지 위에 싣고 있는 자도 드물다.

상하 양 층의 지붕 위에

그득히 그득히 고이는 하늘

위 층엣 것은 드디어 치일치일 넘쳐라도 흐르지만,

지붕과 지붕 사이에는 신방(新房) 같은 다락이 있어

아래 층엣 것은 그리로 왼통 넘나들 마련이다.

옥(玉)같이 고우신 이

그 다락에 하늘 모아

사시라 함이렷다.

고개 숙여 성(城) 옆을 더듬어 가면

시정(市井)의 노랫소리도 오히려 태고(太古) 같고

문득 치켜든 머리 위에선

낮달도 파르르 떨며 흐른다. (현대문학, 1955년)

그날 파르르 파르르 떨고 있는 것, 그것은 낮달이 아니라 바보 노무현 대통령을 추모하는 시민들이었습니다. 휠체어를 타고 나타난 김대중 대통령의 회한, 그리고 그 쓸쓸함. 그야말로 울부짖는 사람들도 있었습니다. 그것은 비단 서울광장에서만이 아니었습니다. 전국의 역과 안방에서 울고 있었습니다. 정말 얼마 만일까요? 이렇게 많은 국민이 눈시울을 적시는 장면 말입니다. 오랜 세뇌로 반강제 눈물을 흘리게 했던 모 대통령의 장례식과는 너무나도 다른, 자발적 애도는 과연 어디에서 비롯된 일일까요? 이전 대통령들과 정반대에 서 있던 사람, 사람다

서울 시청광장에서 열린 故 노무현 전 대통령의 노제(2009. 5. 29)

운 사람, 사람다운 사회, 사람다운 나라, 언제나 사람이 먼저였던 그가, 이제 더는 이승의 사람이 아닌 저승의 사람이 되었습니다.

눈물이 많아서였을까요? 저는 서울광장 중앙에서 눈물이 바다를 이룬 그곳에서 한없이 울었습니다. 부모 형제의 장례식과는 완전히 다른 어떤 죄책감, 눈보라 삭풍 속에 홀로 서 있던 그를 지켜 주지 못한 자괴감…… 그땐 정말 사는 데에 바빴습니다. 힘들고 고달팠습니다. 생활에 지쳐 있었습니다. 그러나 이토록 허무하게 그가 가고 나서야, 비로소 돌아보게 되었습니다.

노무현과 박상진 의사

그를 보내며 제가 생각한 사람이 있었습니다. 비록 시대와 상황은 다르지만, 어쩌면 같은 사람이라는 생각을 지울 수 없었습니다. 우리의 노무현도 그처럼 현실적으로 불가능한 일에 자신을 바친 사람이었기 때문입니다. 그는 제가 처음 서울로 올라와 청계천 헌책방에서 만났던, 조선 독립운동가 중 가장 마음을 뜨

겁게 만든 인물이었습니다.

뜻 있는 자들은 자결하고, 그들이 떠난 자리에는 매국노들의 기세만 드높았던 일제강점기, 왜적들은 기진맥진한 조선 팔도의 산천을 집요하게 파헤쳤고, 간도로, 시베리아로 유랑하는 백성들 행렬이 줄을 이었습니다.

희망이 발붙일 단 한 뼘의 공간도 없을 것 같던 그때, 이 언덕의 민초로 산다는 것을 태산처럼 무겁게 아는 젊은이들이 나타났습니다. 그들에게 왜적과 싸울 것이라고는 두 주먹밖에 없었습니다. 그러나 그들이 이 땅의 마지막 희망이었습니다.

어느 날, 칠곡 부호 장승원의 집에 방물장수 할멈에게 돈을 전달하라는 서찰 한 장이 배달됩니다. 장승원은 비웃었습니다. 장승원은 대대로 이어진 영남 갑부로 구한말 시대에 경상북도 관찰사를 지냈으며, 일제가 이 나라를 빼앗은 후에는 일본에 붙어 그 영화가 천대 만대 갈 것처럼 세도를 부리던 악질 부호였습니다. 일제 앞잡이 중에서도 가장 전형적인 인물이었습니다.

그러나 장승원 혼자 있는 방에 느닷없이 건장한 남자 다섯 명이 들이닥쳤습니다. 세 명은 육혈포를, 나머지 두 명은 짧은 칼을 지니고 있었습니다.

"우리는 국권을 회복하기 위하여 그 비용으로 작년에 육만 원을 청구했던바, 어찌 보내지 않았더냐? 지금 당장에 삼천 원만 내놓아라!"

그러나 장성원은 당장 현금이 없다며 고개를 내저었습니다.

그러자 그중 한 명이 조금도 망설이지 않고 육혈포를 발사하였습니다. 나머지 다른 두 명도 잇달아 쏘았습니다. 탄알은 장성원의 인후부와 오른편 다리를 맞혔고, 중상을 입은 그는 곧 대구 자혜의원에 입원하였습니다. 그리고 원장 이하 조선 총독부 의원까지 동원되어 치료하였으나, 결국 숨을 거두었습니다. 당시 총을 맞아 죽은 것도 이상했지만, 그의 주검 옆에 다음과 같은 글귀가 붙어 있었기에 일본 경찰이 촉각을 곤두세우게 되었습니다.

"오로지 광복을 외치는 것은 하늘과 사람이 모두 도리에 부합하는 일이다. 너의 큰 죄를 꾸짖고 우리 동포에게 경고하노라."

영남 갑부이며 경상북도 관찰사까지 지냈던 일제 앞잡이 장성원을 살해한 남자들은 누구일까요? 사건 현장에서 발견된 경고문은 이 사건이 단순한 강도 사건이 아님을 말하고 있었습니다. 글 뒤에는 '경고자 광복회원'이라는 서명이 있었으니까요.

이 일을 한 사람이 바로, 대한광복회 총사령 박상진 의사입니다. 그는 독립운동의 전설 중 전설로, 스승 왕산 허위의 권유로 신학문을 배우고 독립투사의 길을 걸었습니다. 그러나 왕산 허위는 의병장으로 활동하다 교수형을 당합니다. 박상진은 누구도 감히 나서지 못하는 상황에서 스승의 시신을 수습하고 장례를 치렀습니다.

이후 판사 임용 시험에 합격했으나 이미 나라는 일본 것이었습니다. 이를 마다하고 중국을 여행하는 동안 국권 회복의 힘은 강한 군사력이라는 것을 깨달은 그는, 귀국해서 1915년 항일 무장 단체인 대한광복회를 결성했습니다. 아울러 그는 '상덕태상회'라는 상점을 차렸습니다. 이곳은 겉으로는 곡물상이지만 독립운동 기지로써 자금과 인력을 공급하고 독립지사들의 연락처로 사용하던 국내 거점이었습니다.

그는 군자금을 마련하기 위해 전국의 부호들에게 의연금을 요청했습니다. 하지만 친일 부호들은 이를 거부했고, 광복회는 이들을 처단하기로 한 것이지요. 그렇게 칠곡 부호 장성원 처단, 도고 면장 박용하 처단, 보성 부호 서도현 사살이 그 대표적인 예입니다.

대한광복회는 동포들을 괴롭히는 친일 분자 처형은 물론, 일왕과 조선 총독부를 폭파하려는 거대한 계획까지 세웠습니다. 하여 시시각각 죄어 오는 일본 경찰의 눈을 피해 전국을 누비며 분투하였지만, 내부 첩자의 밀고로 박상진 의사는 중국으로 몸을 피할 수밖에 없는 위기에 빠지게 됩니다. 그러다 그는 어머니가 위독하다는 소식을 듣게 됩니다. 귀향이 곧 죽음이라는 사실을 잘 알고 있는 그였기에, 선택해야만 했습니다.

1918년 2월 1일, 경주 녹동 한 양반가의 상가에서는 기이한 풍경이 벌어졌습니다. 어머니를 잃은 슬픔에 굴건제복 차림으로 통곡하는 상주와 그 주변을 일경 수백 명이 에워싸고 있었습니다. 일경이 그를 포박하려 하자 그는 오히려 그들을 꾸짖었습니다.

"내 이미 어머니를 여읜 죄인이거늘, 어찌하여 또 포박하려는 것이냐? 내 몸에 손대지 마라. 스스로 가겠다."

그는 흰 두루마기로 갈아입고 자신의 백마를 탔습니다. 일본 기마대가 그를 호위했습니다. 결국, 박상진 의사는 체포되어 3년 6개월 옥살이 끝에 1921년 8월 11일, 서른여덟이라는 젊은 나이로 대구 형무소 교수대에서 순국했습니다. 그가 죽기 직전,

이런 시를 남겼습니다.

다시 태어나기 힘든 이 세상에
다행히 대장부로 태어났건만
이룬 일 하나 없이 저세상에 가려 하니
청산이 조롱하고 녹수가 비웃는구나.

그는 '이룬 일 하나 없이 저세상에 가는 것'을 한탄했습니다. 그러나 박상진 의사의 처형 소식을 들은 전국 각지의 뜻있는 사람들은 모두 상복 차림을 하고 대구 형무소 쪽을 향해 목 놓아 울었습니다.

노무현 대통령의 죽음 앞에서 왜 그가 생각난 것일까요? 강제로 애도를 해야 하는 왕의 죽음과는 달리 그의 죽음은 그렇게 결이 다릅니다. 훗날 박상진 의사가 뿌린 씨앗은 많은 독립투사에 계승되었습니다. 그들이 박상진 의사의 뒤를 이어 새로 '신대한광복단'을 조직하였으니까요. 불가능한 일에 홀로 도전했던 박상진 의사와 우리의 노무현 대통령이 제게는 왜 똑같이 보였을까요?

청와대 국무회의 중 무언가를 고민하는
노무현 대통령 (2006. 6. 13)

국가유공자 및 유족 초청 오찬에서 인사말을 하는 노무현 대통령 (2006. 8. 14)

노무현 또한 자신이 그렇게 원했던 남북통일, 동서화합을 이루지 못하고 눈을 감았기 때문이 아닐까요? 그러나 그들은 똑같이 우리에게 소중한 밀알 한 알을 심어놓았습니다. 그들이 심었던 밀알 하나로 하여 우리는 갖은 난관을 헤치고 세계에서도 그 유례를 찾아볼 수 없는 강소국을 만들었고, 광화문 촛불 혁명으로 세계사를 바꾸어놓았습니다.

아직도 많은 문제를 가지고 있지만, 우리가 우리 스스로 탄생시킨 현재의 민주당 정권은 바로 이런 토대 위에서 존재합니다. 노무현이라는 사람이 있었기에 가능한 일이었지요. 소위 적폐 중 적폐인 수구 세력을 몰아내는 데 있어 박상진 의사가 친일 적들을 몰아내는 씨앗이 된 것처럼, 우리의 노무현 또한 가히 박상진 의사의 반열에 올려놓아야 하지 않을까요? 참, 그리고 두 사람의 남다른 특징이 하나 있습니다. 둘 다 잠깐 판사로 임용되었다는 것도 아이러니입니다.

임을 위한 행진곡

사랑도 명예도 이름도 남김없이

한평생 나가자던 뜨거운 맹세

동지는 간데없고 깃발만 나부껴

새날이 올 때까지 흔들리지 말자

세월은 흘러가도 산천은 안다

깨어나서 외치는 뜨거운 함성

앞서서 나가니 산 자여 따르라

앞서서 나가니 산 자여 따르라 (임을 위한 행진곡)

이 노래는 5·18민주화 운동을 기린 백기완의 시 '뫼비나리 (1980년 12월)'에서 가사를 따와 광주 지역 문화 운동가인 김종률 씨가 작곡한 것입니다. 5·18민주화 운동 때 시민군 대변인으로 전남도청을 사수하다 31세의 나이로 전사한 윤상원과, '들불 야학'을 운영하면서 1979년 겨울 노동 현장에서 숨진 박기순의 영혼결혼식 때 두 남녀의 영혼이 부르는 노래 형식으로 작곡되어 처음 선보였습니다.

이 둘은 1982년 5·18묘역에 나란히 합장되어 완전한 부부의 연을 맺었고, 노래는 '넋풀이-빛의 결혼식'이란 음반에 수록되면서 세상에 알려졌습니다. 훗날 '민중의 영원한 애국가'라는 수식어가 따라다니면서 민중의 깨우침을 위한 서시로 널리 애창되고 있습니다.

하찮은 이야기지만 이 노래의 저작권을 가지고 있는 백기완 선생은 "이 노래는 그 누구에게도 저작권이 없다. 이 노래는 우리 모두의 노래이기 때문이다."라고 하면서 이 슬프고도 아름다운 노래를 이 땅에 사는 우리 모두에게 바쳤습니다. 그 시를 되새겨 봅니다.

묏비나리(젊은 남녀의 춤꾼에게 띄우는)

백기완

맨 첫발

딱 한 발 떼기에 목숨을 걸어라

목숨을 아니 걸면 천하 없는 춤꾼이라고 해도

중심이 안 잡히나니

그 한 발 떼기에 온몸의 무게를 실어라

아니 그 한 발 떼기에 언 땅을 들어 올리고

또 한 발 떼기에 맨바닥을 들어 올려

저 살인마의 틀거리를 몽창 들어 엎어라

들었다간 엎고 또 들었다간 또 엎고

신바람이 미치게 몰아쳐 오면

젊은 춤꾼이여

자네의 발끝으로 자네 한 몸만

맴돌자 함이 아닐세 그려

하늘과 땅을 맷돌처럼

저 썩어 문드러진 하늘과 땅을 벅벅,

네 허리 네 팔뚝으로 역사를 돌려라

〈중략〉

여보게, 거 왜 알지 않는가

춤꾼은 원래가 자기 장단을 타고난다는 눈짓 말일세

저 싸우는 현장의 장단 소리에 맞추어

벗이여, 알통이 뻘떡이는
노동자의 팔뚝에 새내기처럼 안기시라
바로 거기선 자기를 놓아야 한다네
사랑도 명예도 이름도 남김없이
온몸이 한 줌의 땀방울이 되어
저 해방의 강물 속에 티도 없이 사라져야
비로소 한 춤꾼은 굽이치는 자기 춤을 얻나니

벗이여
비록 저 이름 없는 병사들이지만
그들과 함께 어깨를 껴
거대한 도리깨처럼
저 가진 자들의 거짓된 껍질을 털어라
이 세상 껍질을 털면서 자기를 털고
빠듯이 익어가는 알맹이, 해방의 세상
그렇지 바로 그것을 빚어내야 한다네

승리의 세계지

그렇지 지기는 누가 졌단 말인가

우리 쓰러져도 이기고 있는 노동자의 아우성

오, 우리 굿의 절정 맘 판을 일으키시라

온몸으로 들이대는 자만이 맛보는

승리의 절정 맘 판과의

짜릿한 교감의 주인공이여

저 폐허 위에 너무나 원통해

모두가 발을 구르는 저 폐허 위에

희대의 학살자를 몰아치는

몸부림의 극치 신바람을 일으키시라

이 썩어 문드러진 세상

하늘과 땅을 맷돌처럼 벅벅

네 허리 네 팔뚝으로 역사를 돌리다

마지막 심지까지 꼬꾸라진다 해도

언 땅을 어영차 지고 일어서는

대지의 새싹 나네처럼

젊은 춤꾼이여

딱 한 발 떼기에 일생을 걸어라

저는 못나게도 못 마시는 술을 마셨고, 잘 알지도 못하는 사람을 붙잡고 펑펑 울었습니다. 처음 맨주먹으로 상경해서 보냈던 그 첫 밤처럼 서럽게 울었습니다. 노무현 대통령이 걸어간 길, 그리고 제가 걸어온 길이 완전히 겹쳐져서 동그랗게 동그랗게 맴돌았습니다. 두 주먹을 쥐었습니다. 이제 절대로 생활에는 지지 않으리라. 생활을 핑계로 불의에 눈감지 않으리라. 아마 그것은 저뿐만이 아닐 것입니다. 현장과 텔레비전을 지켜보는 거의 모든 국민이 그러했을 겁니다. 그의 죽음을 바라보는 제 심정은 허망함, 그것이었습니다.

이제 누구를 위해 살 것이냐? 그 후 내 인생은 변했습니다. 노무현 대통령의 발자취를 좇고자 하는 방향으로 달라졌습니다.

대한문 앞에 마련된 분향소를 찾은
시민들이 덕수궁 돌담에 붙어있는
노무현 대통령의 생전 모습이 담긴
사진과 유서를 보고 있다.(2009. 5. 25)

경남 김해시 진영읍 봉하마을 입구에 설치된 만장. 만장에는 노무현대통령의
유서 중 일부인 '삶과 죽음이 모두 자연의 한 조각'이란 문구가 적혀 있다. (2009. 5. 29)

대통령 발인식

경남 김해 봉하마을에서 거행된 노무현 전 대통령 발인식.

광화문과 서울광장 일대 추모객들은 발인식 장면을 근방 전광판들을 통해 생중계로 구경했습니다. 전광판은 서울시청, 서울신문, 조선일보, 동아일보 등이 있었습니다. 시민들은 화면을 뚫어져라 쳐다보다가 노 대통령의 운구 장면에서 눈물을 터뜨리기 시작했습니다. 통곡하였습니다.

권양숙 여사 등 유족들이 노무현 대통령의 사진을 들고 고향집을 한 바퀴 돌자, 노란 종이비행기가 노 대통령이 실린 검은 운구차를 향해 날아갔습니다. 그러자 그것을 지켜보는 사람들의 울음소리는 더욱 커졌습니다. 일부 시민은 어깨를 들썩이며 목 놓아 통곡했고, 일부 시민은 하늘을 향해 고함을 치기도 했습니다. 덕수궁 돌담을 주먹으로 내리치며 통곡하는 사람들도 있었습니다.

노무현 대통령을 태운 차의 행렬이 봉하마을을 빠져나와 고속도로에 진입하여 서울로 향하자, 서울광장에서는 음악이 흘러나왔습니다. 제16대 대통령 선거 때 부르던 노 대통령의 애창곡 '함께 가자 우리 이 길을'이 스피커를 통해 울려 퍼졌습니다.

함께 가자 우리 이 길을

투쟁 속에 동지 모아

함께 가자 우리 이 길을

동지의 손 맞잡고

가로질러 들판 산이라면

어기여차 넘어 주고

사나운 파도 바다라면

어기여차 건너 주자

해 떨어져 어두운 길을

서로 일으켜 주고

가다 못 가면 쉬었다 가자

아픈 다리 서로 기대며

함께 가자 우리 이 길을

마침내 하나 됨을 위하여 (김남주 시/변계원 작곡)

사람들은 다시 울었습니다. 그리고 고 김광석의 '잊어야 한다는 마음으로'가 흘러나오자 시민들은 하나둘 노래를 따라 부르기 시작했습니다.

잊어야 한다는 마음으로

내 텅 빈 방문을 닫은 채로

아직도 남아 있는 너의 향기

내 텅 빈 방 안에 가득한데

잊으려 돌아누운 내 눈가에

말없이 흐르는 이슬방울들

지나간 시간은 추억 속에 묻히면 그만인 것을

나는 왜 이렇게 긴 긴 밤을 또 잊지 못해 새울까

밤하늘에 빛나는 수많은 별들 저마다 아름답지만

내 맘속에 빛나는 별 하나 오직 너만 있을 뿐이야

창틈에 기다리던 새벽이 오면

어제보다 커진 내 방안에

하얗게 밝아온 유리창에 썼다 지운다 널 사랑해 (김광석 작사·작곡)

이윽고 그날의 한낮.

노무현 대통령의 영결식을 한 시간 앞두고 노란 물결이 덕수궁 대한문 앞으로 끊임없이 밀려들었습니다. 점심시간을 이용해 각 사무실의 회사원들까지 나와서 추모 행렬은 서울광장은 물론 태평로와 세종로, 남대문로, 을지로 방향, 소공동 방향까지 번지고 있었습니다. 덕수궁 대한문 앞에 차려진 시민 추모 단 앞에서는 50만여 명의 사람들이 흐느끼고 있었습니다.

추모 행렬 속 시민들은 소리 없이 외치고 있었습니다. 그 후에 일어난 촛불 집회로 50만 정도야 아무것도 아닌 게 되었지만, 당시로는 정권이 긴장할 정도로 정말 어마어마한 인파였습니다.

지역색이 없는 나라

그가 정치인으로 첫 번째 목표로 삼았던 가장 중요한 덕목, 그것은 바로 이 나라에서 영원히 지역색을 없애는 것이었습니다. 그는 끊임없이 외쳤습니다.

"우리 함께 가자 지역색이 없는 나라로!"

부끄럽게도, 우리 정치는 지역색에 기대지 않고는 성공하지

시청 앞 서울광장에서 노제를 마친 故 노무현 전 대통령의 장례행렬이 서울광장을 떠나고 있다. (2009. 5. 29)

못합니다. 전라도에 기반을 둔 당적으로 노무현 대통령이 경상도 부산에서 낙선하면서도 계속 도전한 이유는 우리 정치에서 지역색을 뿌리 뽑기 위해서였습니다. 그렇지 않아도 남북으로 분단된 나라에서 전라도와 경상도 지역이 따로 있을 수 없습니다. 그러나 우리 정치인들은 자신의 표를 얻기 위해 상대 지역을 헐뜯으며 자신의 고향인 곳에서 몰표를 달라고 호소했습니다. 나라 망할 일을 스스럼없이 행한 것입니다. 그것이 몇십 년 계속되자 지역민들도 불행하게 그런 정치인들과 똑같이 되고 말았습니다.

지금도 우리나라에는 오로지 특정 지역에서만 인정을 받는 정당들이 있습니다. 선거 때만 되면 정치인들은 자신의 고향으로 달려가 표를 호소합니다. 노무현 대통령은 이러한 비극을 끝내고 싶어 했습니다. 평생의 염원이었습니다. 우리가 그의 죽음을 슬퍼하는 가장 큰 이유가 바로 여기에 있습니다.

그는 현실 정치인이라면 그 누구도 하지 않았던 일을 하고자 하였습니다. 그냥 하고자 했던 것이 아니라, 자신의 목숨을 걸고 하였던 것입니다.

사실 자신이 자란 고향을 아끼고 사랑하는 것은 이 세상 어디

에나 있는 일입니다. 우리는 자신의 고향을 사랑하지 무작정 타지역 사람들을 맹목적으로 미워하지 않습니다. 이제는 우리나라도 정당의 이름과 지역색으로 하는 정치는 끝을 낼 때가 되었습니다.

산 하나 너머, 강 하나 너머 소중한 우리 땅에 어느 지역이 어디 있으며, 어느 도 사람들이 따로 있습니까?

지역 정당의 공천만 받으면 무조건 국회의원도 되고, 대통령도 되는 나라는 희망이 없습니다. 자신의 부귀영달을 위해 지역색을 부추기는 그런 정치인들이 이 땅에 발을 붙이지 못하게 해야 합니다. 노무현 대통령은 바로 그런 나라를 보고 싶어 하였습니다.

그에게는 지역색이 없었습니다. 그는 전 국민의 대통령이고 싶었습니다. 그에게는 그가 나고 자란 경상도 김해와 부산도, 그를 대통령이 되게 힘을 실어 준 전라도 광주도 똑같이 사랑하는 조국의 땅이었습니다. 그렇기에 전국에서 올라온 많은 사람이 노무현 대통령의 영결식을 보기 위해 서울로 몰려든 것입니다.

지하철과 버스를 타고 자발적으로 나온 시민들이 만든 분향소엔 노무현 대통령의 사진과, '내 마음속의 대통령 노무현'이란 글귀가 너무도 또렷하게 새겨져 있었습니다. 그들의 표현대로 언제 우리가 우리 마음속의 대통령을 가질 수 있었는지요?

권력에 눈이 어두운 자들이 남북 분단을 빌미로 끊임없이 전쟁과 평화라는 두 극단의 명제를 올려놓고 우리를 우롱하지 않았는지요? 그들은 무자비했습니다. 자신들의 권력을 위해서라면 남북 분단은 물론이고 동서의 분단까지 서슴지 않았습니다. 모두가 알다시피 결국 그들의 말로가 어떠했던가요? 학생들에게 쫓겨나고, 함께 권력을 공유하던 부하들에게 죽임을 당했습니다. 차마 입에 담을 수 없는 패륜의 끝을 보여 준 사람들, 그들이 반세기 이상 우리를 옥죄고 있었습니다. 정말 한 줌의 흙만도 못한 그들이 그렇지 않아도 분단으로 불행한 우리를 갈가리 찢어놓았습니다.

지역색이 없는 나라. 원칙과 상식이 통하는 세상. 노무현 당신의 꿈이 우리의 꿈이 되었습니다. 당신이 그립습니다. 지켜 주지 못해 미안합니다.

노무현 대통령의 바람

지역을 따지는 법이 없는 나라, 부자보다는 가난한 사람을 우선 보호하는 나라, 그런 나라를 만들겠다고 대통령 선거 때 약속한 그 신선한 바람이 또다시 불고 있었습니다. 그의 죽음은 누구도 생각하지 못한 죽음이었고, 그를 추모하는 열기 또한 누구도 예상하지 못한 규모였습니다.

그는 자신의 모든 것을 버리고 떠나면서 국민의 마음을 움직였습니다. 버리면서 얻는 것을 알았던 몇 안 되는 정치인, 떠날 때 떠나면서 다시 만날 것을 아는 사람, 그가 노무현이었습니다. 가난이 부끄럽지 않다는 것을 가르쳐 준 정치인이었습니다. 그는 이 나라 기득권자들에게 외쳤습니다.

"좋은 사람은 못 되더라도 나쁜 사람은 되지 말자."

인터넷에서도 그 추모의 열기는 끝이 없었습니다. 5월 28일 오후 5시, 포털사이트 네이버에 노무현 전 대통령의 추모글은 89만 730건을 기록했고, 다음의 추모글은 18만 6776건, 야후코

리아는 2만 144건을 기록했습니다.

"안녕하십니까? 저는 익산 궁동초등학교 5학년 1반 박지영이라
고 합니다. 저는 뉴스에 관심이 없었습니다. 그런데 노 전 대통령
님이 저를 아주 쉽게 바꾸신 겁니다. 너무 많이 울어, 토할 뻔하였
습니다. 좋은 곳으로 가셨으면 합니다."

"며칠 전 전경에게 인사하시는 모습을 인터넷을 통해 봤습니다.
누구든지 사람을 사람으로 봐주시는 그 모습 정말 존경스럽습니
다. 앞으로의 대통령도 그런 분들이었으면 하는 마음입니다. 보고
싶습니다. 웃는 그 모습을……."

"노무현 대통령님 생전에 미소 짓는 환한 그 모습이 보고 싶습니
다. 대통령님 나라를 위해 고생 많으셨습니다. 영원히 잊지 않겠
습니다. 이제는 모든 짐 버리시고 걱정 근심 없는 세상에서 편안
히 계십시오. 대통령님 사랑합니다."

"누구도 원망하지 마라. 대통령님의 말씀이 저희를 두 번 울립니

다. 그동안 감사했습니다. 저희의 마음을 누구보다 잘 아셨고, 누구보다 잘 헤아려 주신 대통령이셨습니다. 좋은 곳에 가세요. 다음 생엔 정말 행복하게 사세요. 대통령님의 말씀 평생 가슴 깊이 새기고 살겠습니다. 애통하지만 가슴 깊이 묻겠습니다. 대통령님처럼 이 세상을 헤쳐나가겠습니다. 제가 자라 제 아이들이 태어나면 가장 먼저 아이들에게 대통령님을 가르치겠습니다. 저희와 눈높이를 항상 맞추어 주셨던 대통령님 감사합니다. 영원히 나의 대통령님이십니다."

"보고 싶습니다. 이렇게 추모글을 남기러 오는 때에야 실감이 나고, 글을 쓰면서 한없이 설움이 복받칩니다. 그곳에서는 꼭 행복하세요."

"보고 싶어요. 노무현 선배님, 당신이 우리 학교 선배라는 것이 정말 자랑스러웠습니다. 이번 축제 때도 우리 학교에 오신다고 약속했잖아요. 우리 졸업하는 것도 본다고 하셨잖아요. 너무너무 보고 싶어요. 목소리도 듣고 싶습니다. 지켜 주지 못해서 알아 드리지 못해 너무나 죄송하고 미안합니다. 대통령님 너무너무 그립고 하루에도 몇 번씩 생각납니다."

"우리나라가 노무현 대통령님 덕분에 많이 성장한 거 아세요? 바보 노무현 님, 우리나라가 월드컵 7회 연속 본선 진출했습니다. 하늘에서도 축하해 주세요."

"우리 곁을 떠나지 않고 영원히 우리 마음속에 계실 겁니다. 죽음으로 저희에게 남기신 높은 뜻을 가슴 깊이 새겨서 영원히 잊지 않겠습니다. 해가 되고 별이 되고 달이 되어 영원히 저희 가슴속에 남으소서. 대한민국과 영원히 같이하소서. 보고 싶고 그립습니다. 낮에는 해를 보고 그리워할 것이고, 밤엔 별님 달님을 보고 그리움을 달래겠습니다. 영원히 저희 마음속에 그리움으로 남으소서."

"무현 오라버님, 그냥 오라버니라고 부르고 싶습니다. 이 세상에 오라버니께서 안 계신다는 것은 가슴 아픈 일입니다. 그냥 봉화마을에 사시지, 왜 볼 수도 없는 그 먼 길을 떠나셨나요? 부모 형제를 잃은 슬픔 다음으로 오라버니를 잃은 슬픔이 큽니다. 봉화마을에 방문해서 손잡아 보고 싶었는데, 항상 그곳에 계실 줄 알았는데, 시간 내어 가면 오라버니의 순박한 모습을 언제든 볼 수 있을 줄 알았는데, 봉화마을 쪽 하늘이 너무 외로워 보입니다. 오라버니, 사랑합니다. 좋은 곳에서 편히 쉬십시오."

전 대통령까지 겁박했던 공권력. 시민들은 그 자리에까지 와서 방패를 들고 있는 전투 경찰을 싫어했습니다. 몇몇이 전투 경찰을 향해 삿대질했지만, 물리적 충돌은 하나도 일어나지 않았습니다. 노무현 대통령을 추모하는 시민들은 이제는 더 이 땅에서 시민과 경찰이 싸우는 장면을 보고 싶지 않았습니다. 그것이 노무현 대통령의 꿈이었으니까요. 그는 우리끼리 싸우지 않는 나라, 손을 맞잡는 나라. 그런 나라를 만들고 싶어 했으니까요.

추모 시민들은 서울 신청사 건립 홍보관과 각 건물 옥상에 설치된 전광판을 바라보고 있었습니다. 경복궁에서 진행되는 영결식을 보고 있었던 것입니다. 많은 시민의 눈에서 눈물이 번지고 있었습니다. 어떤 시민은 프레스센터 앞에서 무릎을 꿇고 앉아 통곡했으며, 플라자호텔 앞에서 눈물을 터뜨린 엄마를 달래는 어린 꼬마들도 있었습니다.

우리나라가 일본으로부터 해방된 다음, 온 국민의 마음이 하나 되어 슬픈 날이 얼마나 있었을까요? 마치 그때처럼 시민들은 자원봉사자들이 나눠 준 노란색 햇빛 가리개 모자를 쓰고, 노란색 띠를 몸 또는 목에 두른 채 노란색 풍선을 들고 있었습니다. 노란 종이학과 노란 종이비행기를 들고 있는 사람들도 있었으며 온가족이 함께 온 추모객이나, 유모차에 아이를 태우고 시청에 도착한 추모객들도 많았습니다.

수많은 자원봉사자가 곳곳에서 노 전 대통령을 추모하는 현수막을 걸고 있었습니다. 덕수궁에서 세종로에 이르는 인도에는 노란색 풍선을 걸어 놓으며, 경복궁 영결식 후 이 길을 따라 서울광장으로 올 노무현 대통령의 마지막을 기다리고 있었습니다.

시민들은 차도까지 나와 앉아서 대형 TV로 중계되는 영결식을 지켜봤습니다. 일부 시민들은 핸드폰과 DMB 등을 통해 영결식을 시청했습니다. 조계사에서 만든 만장도 그 모습을 드러냈습니다. 형형색색의 만장은 서울광장에 있는 시민들을 둘러싸고 있었습니다. 만장에는 이런 글귀가 새겨져 있었습니다.

"당신이 계셔서 행복했습니다"

"돼지저금통으로 내가 만든 대통령"

"영원한 대한민국 대통령 노무현"

"노무현의 열정이 식었던 가슴을 깨웠다"

그들은 한명숙 전 국무총리가 울먹이며 조사를 낭독하자 소리 내어 함께 흐느꼈습니다. 화면을 통해 노무현 대통령의 생전 영상이 흐르자 분위기는 더욱 가라앉았고 모두 눈물을 흘렸습니다.

드디어 경복궁 영결식이 마무리되면서 노무현 대통령 장례식의 마지막 사회를 맡은 개그맨 김제동 씨가 무대에 올라왔습니다. 인사말을 하기 전부터 김씨의 눈은 이미 젖어 있었습니다. 가수 안치환 씨가 '청산이 소리쳐 부르거든', '마른 잎 다시 살아나' 등의 노래를 불렀습니다.

뒤이어 시민 악대가 나와 '아침 이슬', '솔아 솔아 푸르른 솔아' 등을 연주했습니다. 미군 탱크에 깔려 죽은 두 여학생을 추모하기 위해 열렸던 촛불집회 때 등장했던 악대였습니다. 사람들은 노무현 대통령의 뜻을 받들겠다며 울었습니다.

저 또한 울었습니다. 광화문 시청 앞에 모인 그들을 보면 까닭 없이 눈물이 흘러내렸습니다. 불과 15년 전, 이곳은 독재자들과의 전쟁터였습니다. 개헌을 외쳐야 했고, 직선을 외쳐야 했습니다. 그러던 곳이 2002년에는 붉은 전사들이 춤추며 노래하는 곳으로 변했습니다.

그리고 이곳에 다시 노란 물결이 일었습니다. 붉은색으로 뒤덮였던 때처럼 열정으로 다시 가득찼습니다. 슬픔 뒤에, 모두의 마음에는 노무현이 꿈꾸던 세상을 우리가 이루자는 다짐으로 뜨거웠습니다.

다시, 하나 된 발걸음

2002년의 6월. 세계가 붉은 악마를 보고 놀랐습니다. 대한민국 국민 모두 붉은 악마였고, 우리 모두 국가대표 축구팀이었습니다. 젊은이들은 거리에서 대한민국을 목청껏 외쳤고, 전 세계를 향해 태극기를 흔들었습니다. 분단 반세기, 그것을 허물 모든 준비는 사실 그들로 하여 끝나고 있었습니다. 수십만 명, 아니 수백만 명이 어깨에 어깨를 걸고 대한민국을 연호하였습니다. 정치에서, 아니 기성세대에서 넘지 못했던 장벽을 그들이 뛰어넘었습니다. 그들에겐 지연도, 학연도, 그리고 계층 간 갈등도 없었습니다.

그동안 금기시되었던 붉은 옷을 우리의 옷으로 만든 장본인들은 이제 당장이라도 휴전선을 넘어, 우리 한민족 모두를 한 색깔, 한마음으로 묶어 놓을 태세였습니다. 그들이 전 세계를 향해 보여 준 길거리 응원은 가히 놀랍고도 경이적인 역사였고, 진실의 기록이었습니다.

유럽에, 중국에, 일본에 억눌려있던 우리의 낡은 사고방식을 그들은 일거에 바꿔버렸습니다. 한국에 와서 살고 싶다는 외국인들이 늘어났습니다. 이토록 아름다운 나라가 이 지구촌에 있었다는 것 자체가 고맙다고 극찬을 아끼지 않는 외신들이 늘어났습니다.

진정으로 아름다운 땅은 아름다운 사람들이 사는 땅이지요. 우리는 시청 앞을, 광화문을 진정으로 아름다운 곳으로 그렇게 각인했습니다. 이제 남은 것은 평양에서, 혹은 신의주에서 대한민국을, 우리 조국을 목청껏 외쳐 부를 날만 남아 있었습니다.

수백만 인파가 모여서 그토록 질서정연하게 환희의 축제를 벌인 나라는 우리가 유일했습니다. 이제 그 함성과 그 열정을 철조망으로 둘러쳐진 휴전선으로 이동해야 한다고 우리는 목청을 높였습니다. 그래서 반세기 동안 우리를 가둔 더러운 오물을 제거해야 한다고 울었습니다.

가혹한 입시병으로 질식 상태에 있으면서도 우리의 젊은이들은 우리에게 한없는 행복을, 그리고 우리의 진정한 꿈이 무엇이어야 하는지를 극명하게 보여 주었습니다. 그것은 우리 모두를 붉은색으로 묶어 놓은 한마음, 화해였습니다. 동서와 남북을 갈라놓은 기성세대에 대한 강력한 도전이었지요.

인간 노무현이 바라던 꿈이 바로 그것이었습니다. 남녀노소 구분 없고, 빈부격차 없는, 모두 함께 춤추며 노래하는 나라. 따지고 보면 지구상에서 가장 불행한 나라이기에 오히려 우리가 그런 나라를 만들 수 있지 않을까요? 그 씨앗을, 그 불씨를 지펴 주고 간 사람이 바로 바보 노무현이었습니다.

우리는 울며, 웃으며, 우리 자신을 응원하는 그들이 있어서 감히 내일을 장담할 수 있었습니다. 그 모든 갈등과 속박은 가라! 오직 우리에게는 한없는 자유로움과 한없는 평화만이 존재하기를! 우리는 간다. 분단이 없는 진정한 우리 조국의 품으로. 바로 그러한 결집이 바보 노무현을 대통령으로 만들었고, 바로 그러한 순진무구함이 그를 죽음으로 내몰았습니다. 바로 그 축제의 장소에서……. 그러나 이제 우리가 그토록 바라던 모든 장벽을 허물어뜨리고자 온몸을 바쳤던 우리의 노무현을 우리는 보내야 했습니다.

그러나 우리의 축제는 아직 끝나지 않았고, 그때가 우리 축제의 또 다른 시작이었습니다. 우리는 그곳에서 거대한 악을 다시한번 무너뜨리는 촛불 혁명을 완성하여 세계를 놀라게 하였습니다. 그토록 바라던 노무현의 꿈을 이룬 것입니다. 아마도 그시작은 바보 노무현이 뿌린 불가능했던 꿈에서 비롯된 것은 아닐까요?

시청 앞 광장과 광화문 광장에서 시차를 두고 벌어진 행복과 불행을 연이어 바라보는 모든 국민도 마찬가지였습니다. 그를 지지했던 사람들도, 그를 지지하지 않았던 사람들도 마찬가지였습니다. 그가 목숨을 버린 후에야 그의 진심을 알았던 것입니다.

그렇게 2009년 5월 29일 노무현 전 대통령의 국민장이 수십만 추모 인파 속에 치러진 이후 서울에서도 시민 분향소 추모객들의 발길은 일주일이 넘게 끊이지 않았습니다. 그렇게 하여 시민 분향소가 마련된 덕수궁 대한문 앞은, 경찰에 의해 봉쇄된 2008년 '촛불 집회'의 근거지 서울광장 대신 새로운 촛불 명소로 떠올랐습니다.

2

아,
우리의
노키호테

우리의 노키호테

그는 인생은 꿈이라고 하였습니다. 꿈이 있었기에 그는 남들이 절대로 흉내 낼 수 없는 모험을 할 수가 있었습니다. 비록 꺾이기는 하였지만, 그에게는 결국 도달해야 할 꿈이 있었고 우리와 함께할 꿈이 있었던 것입니다.

저는 이제 여러분에게 우리와 행복하고, 즐거운 시간을 함께했던 노무현 대통령을 장난스럽게도 돈키호테라고 지칭하려고 합니다. 아니 '노키호테'라고 부르려고 합니다.

노무현 전 대통령은 별명이 참 많았습니다. 그중에서도 '바보노무현'은 별명의 대명사가 되었습니다. 지역주의 정치 타파를 위해 당선이 안 될 줄 알면서도 과감히 뛰어들어 줄곧 낙선한 노무현 전 대통령을 가리켜 한 누리꾼이 지은 별명이 바로 바보노무현입니다. 그는 정말로 현명한 바보였으니까요. 그래서 그가 우리나라의, 우리 시대의 돈키호테라는 이야기입니다. 어떤 기자가 그에게 물었습니다.

"바보라는 별명에 대하여 어떻게 생각하시나요?"

그는 웃으며 대답했습니다.

"별명 중에서 제일 마음에 들었습니다. 정치하는 사람들이 바보 정신으로 정치를 하면 나라가 잘될 거라고, 생각합니다. 어쨌든 그냥 '바보' 하는 게 그게요……. 그냥 좋아요."

큰 바보, 우리의 노키호테는 돈키호테처럼 지금 우리의 현실에서 끝내 이룰 수 없는 꿈을 꾸며, 우리와 함께 울고 웃으며 앞길을 알 수 없는 도전과 모험을 하였습니다.

시골의 기사였던 돈키호테는 정의를 위해 세상을 향해 돌진했던 바보였습니다. 그러나 한국의 돈키호테는 스페인의 돈키호테처럼 사랑하는 말 로시난테나 충직한 종자 산초도 없었습니다. 그는 언제나 혼자였습니다. 그렇지만 그에게는 그를 멀리서 응원하는 사람들이 있었습니다. 바로 어렵고, 힘들게 살아가는 이 땅의 사람들이었습니다.

노무현의 곁에는 우리의 나라를 함께, 더불어 살아가려고 하는 또 다른 바보들이 있었습니다. 또 다른 바보들이 우리 노키호테의 힘이었습니다. 그는, 그를 지지하는 또 다른 돈키호테들의 지원을 믿었습니다.

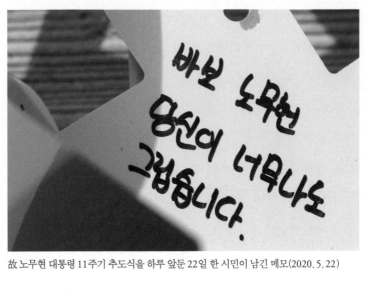

故 노무현 대통령 11주기 추도식을 하루 앞둔 22일 한 시민이 남긴 메모(2020. 5. 22)

노키호테의 어린 시절

선량한 우리의 노키호테는 까마귀도 먹을 것이 없어 울고 돌아간다는, 찢어지게 가난한 경남 김해시 진영읍으로부터 10여 리쯤 떨어진 본산리 봉하마을에서 1946년 8월 6일, 농부인 아버지 노판석 씨와 어머니 이순례 씨 사이에서 3남 2녀 중 막내로 출생했습니다.

낙동강 하류의 저평한 평야에 자리 잡은 이 고장은 수향(水鄉)이자 고대 변한과 옛 가락국의 영토로 유·무형의 각종 문화재가 많은 역사적인 고장입니다. 시 중앙에 솟은 기암괴석의 신어산은 소금강이라 불릴 정도로 절경이며, 이곳에서 바라다보이는 낙동강변과 삼각주 평야는 한 폭의 동양화를 연상케 하지요. 신어산과 양산 토곡산 사이의 깊은 협곡을 따라 굽이굽이 흘러가는 낙동강은 조선 시대에는 황산강(黃山江)이라 부르던 아름다운 강으로, 흰 모래사장과 과수원이 줄지어 있어 장유면 대청리의 장유 계곡과 함께 한국의 다뉴브강으로 일컬어지고 있습니다.

특히 우리가 주목해야 할 것은 이 지역에 전승되는 가락 오광대놀음입니다. 1937년 일제의 탄압으로 한때 중단되기도 했지만, 매년 음력 정월 보름에 연희하던 탈놀음입니다. 구성은 전체 6과장으로 오방신장무 과장, 상좌·노장 중 과장, 양반 과장, 문둥이 과장, 할미·영감 과장, 사자무 과장으로 되어 있는데, 영노 과장이 따로 없는 대신 할미·영감 과장에서 영감(양반)을 욕하고 조롱하는 것이 가락 오광대만의 독특한 특성이지요.

훗날 그를 키운 반골의 기질은 바로 이 오광대놀음에서 비롯되었음은 불문가지이지요. 어릴 때부터 이 오광대놀음을 보고 자란 그의 가슴속에는 무언가 불의에 대한 불덩이가 자랐을 테지요.

무등(無等)을 보며

서정주

가난이야 한낱 남루(襤褸)에 지나지 않는다.
저 눈부신 햇빛 속에 갈맷빛의 등성이를 드러내고 서 있는
여름 산 같은
우리들의 타고난 살결 타고난 마음씨까지야 다 가릴 수 있으랴.

청산(靑山)이 그 무릎 아래 지란(芝蘭)을 기르듯
우리는 우리 새끼들을 기를 수밖에 없다.

목숨이 가다가다 농울 쳐 휘어드는
오후의 때가 오거든,
내외(內外)들이여 그대들도
더러는 앉고
더러는 차라리 그 곁에 누워라.

지어미는 지아비를 물끄러미 우러러보고
지아비는 지어미의 이마라도 짚어라.

어느 가시덤불 쑥 구렁에 놓일지라도
우리는 늘 옥돌같이 호젓이 묻혔다고 생각할 일이요,
청태(靑苔)라도 자욱이 끼일 일인 것이다. (현대공론, 1954년)

   제가 좋아하는 이 시의 가난, 당시 가난은 가난을 낳았습니다.
그에게는 '무등을 보며'가 아니라 '봉화를 보며'였겠지요. 기실

문학에서의 가난과 실제로 겪는 가난은 천지 차이이지요. 그는 봉화산과 자왕골을 등에 지고 있는 이 봉화마을에서 중학교를 졸업할 때까지 살았으며, 막내인 데다가 재주도 많아서 집안의 사랑을 듬뿍 받으며 자랐습니다.

초등학교에 들어간 이후에는 가난으로 인한 열등감에 시달리기도 했으나, 공부도 잘하는 편이고 성격도 명랑한 편이었습니다. 초등학교 시절 일화로 교내 붓글씨 대회에서 편파적인 운영으로 1등 상을 놓치게 되자, 이에 대한 항의로 시상식 날 2등 상을 반납하는 바람에 선생님께 혼이 났던 일이 있었답니다. 어린 시절에 이미 그는 바르지 못한 일을 보고는 참지 못하는 유난한 성격이었던 것입니다.

6학년 때는 선생님의 권유로 학생회장에 출마해 전교 회장으로 당선되기도 했습니다. 무엇이든 하면 된다는 좌우명이 그때 그의 마음속에 자리 잡기 시작한 것입니다. 여러 사람 앞에 나서서 연설하는 기초도 그때 닦았지요. 그러나 그의 집안은 너무도 가난했습니다. 가난이라는 굴레를 탈출하기 위해 고시라는 것에 뜻을 품을 정도로 말입니다.

그간 출간되고 보도된 여러 자료에 의하면 그에게 있어 고시는 가난을 탈출하고 인생을 역전시킬 수 있는 비상구였습니다.

그는 어릴 때부터, 부산대 법대를 졸업하고 고시를 준비하던 큰형님의 영향을 크게 받았습니다. 그는 초등학생 시절 마을 뒤에 있는 봉화사에 자주 가곤 했습니다. 그곳에서 고시 공부를 하는 큰형님 친구들의 법 이론이나 시국 토론을 들으면서 막연하게나마 꿈을 키웠습니다.

그러나 가세가 점점 더 기울자 작은형마저 학업을 중단했고, 그도 중3이 되자 일찌감치 고교 진학을 포기했습니다. 그때부터 가장 낮은 직급인 5급(현재 9급) 공무원 시험을 거쳐 독학으로 고등고시까지 밀고 나가겠다는 결심으로, 옛날 큰형님이 보던 빛바랜 법서를 꺼내 읽곤 했습니다. 이를 알게 된 큰형님이 극구 말렸고, 결국 큰형님의 강제로 부산상고에 장학생으로 입학했습니다.

그는 고교 시절에 대학 진학은 엄두도 못 내고 취직반에 들어갔습니다. 3학년 말, 농협에 취직 시험을 보았으나 낙방했습니다. 그것은 어쩌면 전화위복이었습니다. 고등학교를 졸업하고 어망을 만드는 어느 중소기업에 취직했으나 근무 시간은 많고 월급은 턱없이 적어, 다시 사법고시 시험을 보기로 마음먹었습니다. 이것이 고시에 열정을 불태우는 계기가 되었습니다.

사법 시험은 파란만장한 그의 인생에서 첫 승부처였습니다. 세상을 향한 모험의 첫발이었습니다. 그는 한 달 반 직장 생활을 하며 받은 급료 6천 원으로 몇 권의 책을 샀습니다. 그런 다음 마을 건너편 산기슭에다 토담집을 손수 짓고 '마옥당(磨玉堂)'이라 부르며 그곳에서 '사법 및 행정 요원 예비 시험'을 준비했습니다. 그러나 그는 시험에 잇따라 실패했고, '예비 시험'만 합격한 상태에서 군에 입대했습니다. 근무지는 강원도 최전방에 있는 12사단이었습니다. 1971년 소총수로 군 복무를 마치고 상병으로 제대한 그는 고시 공부를 또다시 시작했습니다.

그는 사시 예비 시험부터 다시 준비했는데, 책 살 돈이 없어 결국 울산에 있는 어느 공사판에 나갔습니다. 공사판 식당에서 가마니를 깔고 자며 받은 일당은 180원 정도였습니다. 공치는 날도 많아 어떤 날은 밥값마저 모자랄 때도 있었습니다. 그런데도 그는 밤낮으로 공부했습니다. 오직 그것만이 살길이었으니까요.

그러는 중에 예전부터 마음에 두었던 마을 처녀에게 마음을 뺏겼습니다. 그러나 처녀는 그의 마음을 받아 주지 않았습니다.

노무현 전 대통령의 진영중학교 졸업앨범 사진

물론 처녀 집안의 반대도 있었겠지요. 그는 가난한 집안에, 직업도 변변치 않은 고시 지망생이었으니까요. 처녀의 집안에서는 말이 고시 지망생이지, 대학도 졸업하지 못한 그가 고시에 합격하리라는 생각은 하지도 못했을 테니까요. 그렇지만 우리의 노키호테는 반대가 심할수록, 어려움이 많을수록 정면 승부를 거는 승부사였습니다.

반대가 심할수록 처녀를 향한 그의 마음은 불타올랐습니다. 그러면서 장장 8개월에 걸쳐 온갖 정성과 설득으로 사법 시험 1차 시험 직전에야 겨우 처녀의 마음을 얻었습니다. 그렇게 우여곡절 끝에 그는 평생의 반려자를 맞았습니다. 그 처녀가 바로 권양숙 여사입니다.

그는 나중에 권 여사와의 사랑을 이렇게 이야기했습니다.

"2년 동안 커피 한 잔 값 들이는 일 없이 맨입으로 연애를 했다. 밤이 이슥하도록 화포천 둑길을 함께 걸었다. 밤하늘이 쏟아질 듯 은하수가 흐르는 여름날, 벼 이삭에 매달린 이슬에 달빛이 떨어지면 들판 가득 은구슬을 뿌린 것 같았다. 우리는 그 사이 논길을 따라 걷곤 했다. 아내는 그때 톨스토이와 도스토옙스키에 푹 빠져 있었다. 『안나 카레니나』, 『카라마조프가의 형제들』 같은 두꺼운 소설을 끼고 살았다. 동네에 둘이 사귄다는 소문이 났다. 우리 둘 말고는 처녀 총각이 별로 없었기 때문에 소문이 나지 않을 도리도 없었다. 돌아보면 내 인생에서 가장 순수하게 행복한 시간이 아니었던가 싶다. (『운명이다』, 돌배개)"

변호사 노키호테

그는 인근 절에 들어가 '수석 합격'이라는 표어를 내걸고 열심히 공부했습니다. 그러나 그해 5월, 자신의 못다 한 소망을 걸어 막내의 꿈을 키워 주던 큰형님이 그만 교통사고로 사망해 큰 충격을 받았습니다. 책을 읽어도 마음은 삶과 죽음이라는 밑도 끝도 없는 생각들과 고시와 출세에 대한 회의로 가득 찰 뿐이었습니다. 고시를 그만두지는 않았지만, 고시에 합격하여 출세하겠다는 생각은 지워졌습니다. 인생에서 무엇이 가장 중요한지를 큰형님의 죽음을 통해 깨닫기 시작한 것이지요.

역사에는 가정이 있을 수 없지요. 그렇지만 그때 그의 큰형님의 죽음이 없었다면, 오늘날의 노무현 대통령은 우리 앞에 없었을지도 모르지요. 그만큼 큰형님의 죽음은 그에게 커다란 충격이었습니다. 그리고 마침내 1975년, 그는 제17회 사법 고시에 합격했습니다. 그는 사법 시험 합격 후 그 해 『고시계』 합격 수기에 당시 상황을 이렇게 썼습니다.

"학교 성적이 우수했다는 사실이 반드시 고시를 해야 할 필연적 이유로 되는 것도 아니라는 것을 깨닫게도 되었고, 법을 공부하면서 차츰 정의의 이념을 배워 가는 동안 '고시=권력=출세'라는 과거에 내가 생각했던 등식이 우스운 것임을 느끼게 될 무렵 큰형님의 뜻 아닌 타계는 예시 과목의 철학 개론을 공부하면서부터 어렴풋하게나마 생각해 오던 삶의 의미를 보다 깊이 생각하게 하는 계기가 되었고, 맹목적 출세주의와 '그 수단으로서의 고시'라는 과거의 생각에 결정적인 쐐기를 박았다. (『고시계』 1975년 7월호)"

1966년부터 시작은 했지만 실제로 공부를 한 것은 군대를 갔다 온 다음인 1971년 5월경부터니까, 그는 만 4~5년 남짓 고시 공부를 했습니다. 고시에 합격하고 나서 2년간의 연수원 생활을 거친 후 1977년 대전지방법원 판사로 임용되었습니다. 하지만 고졸 출신인 그는 법조계에서 한낱 왕따일 뿐이었습니다.

그는 7개월여 만에 법복을 벗고 1978년 부산에서 변호사 개업을 했습니다. 상고 출신답게 회계에 밝은 그는 승률 높은 조세 전문 변호사로 이름이 알려지면서 부산상고 동창회 회장을 맡기도 했습니다. 부산 광안리에서 요트를 즐긴 것도 이 무렵입니다. 권양숙 여사는 이때를 가족이 가장 행복했던 시절로 추억합니다.

돌이켜 보면 그에게는 공무원처럼 어떤 틀에 갇힌 생활은 맞지 않았습니다. 그는 언젠가 시인이 되고 싶다고 한 적이 있습니다. 그는 그렇게 감성적인 사람이었습니다. 하기야 그러니까 제가 감히 그를 노키호테라고 부르고 있는 것이지요. 그는 좀 더 진취적인 일을 하고 싶었습니다. 그랬기에 자칫 잘못하면 권위와 형식에 사로잡힐 수밖에 없는 판사의 신분을 망설임 없이 벗어던질 수 있었던 것입니다.

변호사가 된 우리의 노키호테는 아침부터 밤늦게까지 종일 책을 잡고 살았고, 심지어는 잠을 자는 것까지 잊었습니다. 그는 피할 수 없는 가난을 극복하기 위해 '사법 시험 합격'이라는 기사 작위를 받았지만, 여전히 가난했습니다. 결코, 물질적인 가난만이 아니었습니다. 책을 읽지 않으면 영원히 가난할 수밖에 없다는 사실을 깨달은 것이지요.

지독한 가난에서 탈출하려면 오직 공부하는 길밖에는 없었습니다. 그러나 현실에 있어서 그의 뇌는 메말라 갔고, 사실 누가 보아도 제정신이라고는 생각할 수 없었습니다. 그의 머릿속은 분단된 나라, 그리고 부패로 얼룩진 현실로 가득 채워졌습니다. 그 속에서 출세를 위해 공부를 한다는 것이 내키지 않았던 것입니다.

그는 종일 삶과 인생, 그리고 사랑과 고통, 평화와 행복 같은 황당무계한 모험들만 꿈꾸었습니다. 그는 아름답고 평범한, 그래서 행복한 나라에서 살고 싶었습니다. 이렇게 남들이 바보 같다고 하는 망상들이 그의 이성을 점령하자, 확실하고 진지한 현실 세계는 그의 머릿속에서 아예 사라지게 되었습니다.

그리하여 우리의 노키호테는 세상에 정의를 실현하기 위해, 세상의 모든 악을 쓸어버리기 위해 길을 떠났습니다. 그는 모험을 찾아 나선 길 위에서도 온통 한 가지 생각뿐이었으며 혼잣말로 계속 중얼거렸습니다. 정말로 돈키호테처럼 말입니다.

"나의 이 위대한 모험은 모두 역사에 길이 남게 될 것이다. 먼 미래에 어떤 현인이 나타나 나의 첫걸음을 이렇게 기록할 것이다. 이른 새벽 태양신이 금빛 물결을 휘날리며 광활한 대지 위에 빛을 내릴 때, 천 가지 색조의 작은 새들이 부드럽고 달콤한 노랫소리로 새벽을 노래할 때, 라만차의 유명한 돈키호테는 오랜 역사와 명성이 자자한 몬티엘 언덕을 가로질러 길을 떠났노라. (세르반테스, 『돈키호테』)"

판사를 그만두고 부산에서 변호사로 개업한 노무현 대통령은 세무·회계 전문 변호사로 명성을 쌓았습니다. 이후 주로 조세 및 회계 사건 등을 통해 높은 수임료를 받았습니다.

그는 당시 평범한 동료 변호사들처럼 지역 경제인들과 어울리며 자유로운 생활을 했습니다. 그러나 인권 변호사로 이름이 높았던 김광일 변호사가 그에게도 인권 변호사로 나설 것을 권했고, 이를 수락하면서 본격적인 인권 변호사 활동을 시작하게 되었습니다.

군사 독재 정권이 민주화 운동을 탄압하던 시절. 죄 없이 옥에 갇힌 사람들이 너무 많았습니다. 그중에 특히 학생들이 많았습니다. 그 당시 학생들은 분명하게 외쳤습니다. 어른들이 자식들을 키우기 위해 숨죽이고 있을 때 학생들은 세상을 향해 소리쳤습니다.

"군사 독재 정권 물러가라!"

"우리 손으로 민주주의를!"

우리의 노키호테는 이런 민주화 운동으로 구속된 학생들의 변론을 맡으면서 행방불명된 학생들의 어머니 모습, 고문으로 인한 학생들의 상처를 보았고 그것을 외면할 수 없었습니다. 이후 그는 시국 사건, 노동 관련 사건이면 어디든 뛰어다녔습니다.

'바르게 살아야겠다.'

그는 다짐하고 또 다짐하였습니다.

그때부터 그는 인권 변호사 '노변'이 되었습니다. 뒤늦게 형성된 '운동권 의식'은 반칙과 특권으로 넘쳐 나는 우리 사회의 기득권 구조를 바꾸어 보려는 끊임없는 투쟁의 원동력이 되었습니다.

1982년에는 민주화를 외치며 부산 미국문화원에 불을 지른 학생들의 사건을 변론하였고, 1984년 부산공해문제연구소 이사를 거쳐, 1985년에는 부산민주시민협의회 상임 위원장을 맡게 되면서 시민운동에 발을 들여놓게 되었습니다. 그해 자신의 사무실에 노동 법률 상담소를 열기도 했습니다. 또 1987년에는 민주헌법쟁취국민운동본부 부산본부 상임 집행 위원장을 맡아 6월 민주 항쟁에 앞장섰습니다. 비록 현실은 변호사지만 그는 어릴 때 꿈처럼 시인이 된다면 육사와 같은 시를 쓰고 싶었습니다. 그리고 육사처럼 아무도 가지 않는, 아니 가지 못하는 그 혼자만의 외길을 선택했던 것입니다.

꽃

이육사

동방은 하늘도 다 끝나고
비 한 방울 나리잖는 그 땅에도
오히려 꽃은 빨갛게 피지 않는가
내 목숨을 꾸며 쉬임 없는 날이여

북쪽 툰드라에도 찬 새벽은
눈 속 깊이 꽃 맹아리가 옴작거려

제비 떼 까맣게 날아오길 기다리나니

마침내 저버리지 못할 약속이여

한 바다 복판 용솟음치는 곳

바람결 따라 타오르는 꽃 성(城)에는

나비처럼 취하는 회상의 무리들아

오늘 내 여기서 너를 불러 보노라 (자유신문, 1945년)

　1980년 홀로 갇혔던 광주에 뛰어들어 도움이 되지 못했던 자신을 탓하며, 그 실상을 알리기 위해 동분서주했던 결과가 6월 민주 항쟁이라는 열매로 맺힌 것이지요. 그는 금기시되었던 5·18민주화 운동의 실상을 알리기 위해, 가는 곳마다 열변을 토하고 몇 되지 않는 영상을 틀었습니다. 남북의 분단보다 동서의 분단이 더 가슴 아프다며 울었습니다. 5·18민주화 운동으로 희생당한 '임'들로 하여 그의 인생, 정치 목표가 확연해진 것입니다. 하여 그는 허망한 지역 분단을 넘어 대대로 세습되는 부와 계층 간 차별, 세대의 차이를 극복하기 위한 지평을 넓히게 됩니다. 그때 노무현이 없었다면, 과연 오늘의 전국적 정당인 더

불어민주당이 존재할 수 있을까요?

그때부터 사람들은 그를 부산 민주화 운동의 야전 사령관이라고 불렀습니다. 그리고 그해 9월 대우조선에 근무하던 이석규 씨가 파업 중 거리 시위를 나왔다가 경찰의 최루탄에 맞아 사망한 일이 발생합니다. 그가 나서서 임금 협상과 보상 등에 관한 문제를 노동자 편에 서서 상담해 주었지요. 그러나 이것이 빌미가 되어 제삼자 개입 금지 및 장례식 방해 혐의로 그는 구속됩니다. 하지만 23일 만에 구속 적부심으로 풀려났습니다. 당시 부산에 개업 변호사가 100명을 조금 넘던 시절, 이 사건에 99명의 변호사가 변론을 맡아 화제가 되기도 하였습니다.

정치의 길에 선 노키호테

그는 1988년, 당시 김영삼 통일 민주당 총재의 발탁으로 제13대 총선에 나가 국회의원에 당선됐습니다. 그때 그는 승부사적 기질을 유감없이 드러냈습니다. 그는 처음 부산 남구를 제안받았으나 동구에 출마한 민주 정의당(당시 군사 독재 정권을 지탱하고

학창 시절 노무현 대통령

군복무 중인 노무현 대통령

사법연수원 시절의 노무현 대통령

민주화 투쟁 시절 노무현 대통령

있던 당) 후보와의 대결을 자청해 군사 정권의 실세임을 상징하는 그를 보기 좋게 꺾었습니다.

1989년 12월에 열린 '5공 비리 청문회'는 그의 정치 인생에 있어 전환기가 되었습니다. 특히 전두환 전 대통령이 증언대에 선 날, 불의에 대한 항의의 표시로 의원 명패를 바닥에 집어 던지는 장면이 전국에 생방송으로 중계되면서 그는 전 국민에게 강인한 인상과 신선한 충격을 주었습니다. 아무도 하지 못했던 진짜 돈키호테의 역할을 충실히 수행한 셈이지요.

1990년 통일 민주당 김영삼 총재, 민주 정의당 총재인 대통령 노태우, 신민주 공화당 총재 김종필이 민주 자유당(민자당)을 창당하기로 하는 3당 합당 선언을 하였습니다. 그는 강력하게 항의하였습니다. 그는 자신에게 국회의원이 되도록 기회를 준 김영삼 총재를 향해 '변절자'라 비난하면서 결별하였습니다. 그리고 김대중 씨가 이끌던 신민당과의 야권 통합에 합류했습니다. 그 후에 그는 이렇게 회상했습니다.

"1990년 3당 합당 때 여당에 따라갔다면 국회의원이야 세 번, 네 번 하고, 장관도 일찍 하고 도지사, 시장도 한번 지냈을지 모릅니다. 그러나 떳떳하지 못할 것입니다. 적어도 잘못된 정치 풍토에 대해 타협하지 않는 것이 저의 큰 자부심이고 행복입니다."

그러나 그는 1995년 김대중 씨가 대통령 도전을 위해 새정치 국민 회의라는 새로운 당을 창당하자, 이번에는 김대중 씨를 거부했습니다. 3당 합당으로 만들어진 민자당이 경상도 당이라면, 김대중 씨가 만든 국민 회의도 전라도 당이라는 생각 때문이었습니다. 그는 지역당의 출현은 그야말로 나라가 망하는 지름길로 보았던 것입니다. 죽을 때까지 그가 가장 미워한 것이 바로 지역 구도를 나눠 정당을 만들고, 그 정당 때문에 국민들 마음이 갈라지는 것이었습니다. 그러나 그 당시 우리나라 정치 현실에서 김영삼, 김대중 두 사람에게 저항할 수 있는 정치인은 거의 없었습니다.

그 두 사람을 적으로 만든다는 것은 곧 정치를 그만두어야 한다는 결심이 있어야 했습니다. 그런데도 그는 당시 하늘 같았던 그 두 사람에게 도전장을 내민 것입니다.

8 · 15 광복 정국

그를 알기 위해서는 8 · 15광복 이후 김대중 대통령이 이끈 통칭 민주당의 태동과 정국을 간략하게나마 알아보아야 합니다. 기실 노무현이라는 바보는 그 상황 위에 탄생한 대통령이기 때문입니다.

1945년 8월 15일, 일본이 미국에 무조건 항복을 선언함으로써 한국인은 일제 치하에서 벗어나게 되었습니다. 한반도는 얄타 회담에서 이루어진 비공식 합의에 따라 북위 38도선을 경계로 북쪽은 소비에트 연방(소련)이, 남쪽은 미군이 진주했습니다. 곧 북은 소련의 영향 아래 조선 민주주의 인민 공화국(북한)이, 남쪽은 미군정을 거쳐 국제 연합의 제안에 따라 총선을 통하여 대한민국이 국가로서 모습을 갖추게 되었지요. 그러나 미국과 소련은 대한민국 임시 정부를 인정하지 않았으며, 자신들을 위해 남에는 자본주의를 북에는 공산주의 체제를 확립하였습니다.

이 가운데 미군정은 진주 직후 한반도 남부를 직접 통치하게 되었지만, 그들은 효과적으로 통치할 경험도, 능력도 없었습니다. 따라서 옛 조선 총독부에서 일본인 관리를 보조하던 조선인

들과 친일파 인사들을 그대로 등용하는 정책을 펴, 실질적으로
는 일제의 체계를 계승했습니다. 이는 우두머리만 일본에서 미
국으로 바뀐 격이었습니다.

그러나 임정을 완전히 무시한 미군정과 달리 소군정은 공산
주의계 독립운동 조직을 포용하고 주요 친일파를 숙청하였습
니다. 그러면서 당시 수적으로 소수파에 불과했던 김일성의 빨
치산계를 내세워 국내파, 상해파 등의 공산주의 분파들을 김일
성의 조선 공산당 아래에 강제로 편입시켰습니다.

우리 민족이 땅을 치고 통곡할 일은 그다음에 벌어졌습니다.
예견된 결과였지요. 1945년 12월 모스크바 3상 회의 결정에 따
라 1946년 3월 제1차 미·소 공동 위원회 회담과 1947년 5월
제2차 회담이 열렸으나 협의 대상과 사회단체에 대한 이견으
로 모두 결렬되었습니다. 그러자 미국은 1947년 9월 한국 문제
를 유엔 총회 의제로 상정하고, 11월에 있을 유엔 총회에서 유
엔 감시 하의 총선 실시와 유엔 한국 임시 위원단 설치, 정부 수
립 후 미소 양군 철수 안이 가결됩니다. 1948년 1월 유엔 임시
위원단(UNTCOK; 호주, 캐나다, 중국, 엘살바도르, 프랑스, 인도, 필리
핀, 시리아 8개국, 우크라이나는 참여 거부) 35명이 서울에 들어 오지

만 소련은 이들의 입북을 거부합니다.

1946년 1월 15일 미군정은 1개 연대 병력으로 남조선 국방 경비대를 창설하였는데, 이후 병력이 증강되면서 1948년 대한 민국 정부 수립 이후 대한민국 육군의 기반이 됩니다. 1946년 5월, 미·소 공동 위원회의 무기한 휴회로 미군정은 38선 이남 만의 입법 기관으로서 남조선 과도 입법 의원을 준비하고 결국, 1946년 12월 12일 개원합니다. 비극의 서막이었지요. 남조선 과도 입법 의원은 미군정 치하라는 한계에도 불구하고 남조선 과도 입법 의원법, 하곡 수집법, 미성년자 노동 보호법, 민족 반 역자·부일 협력자·간상배에 대한 특별법 등을 제정합니다.

그 후 1948년 4월 3일부터 제주도에서는 김달삼과 남조선 노 동당 세력이 주도해 벌어진 무장 항전과 그에 대한 군경의 강제 진압이 있었습니다(제주 4·3사건). 이는 남한만의 단독 정부 수 립을 의미하는 5·10총선거를 방해하기 위한 행동이었지만, 한 국 전쟁이 끝난 뒤인 1954년 9월 21일까지 계속되었습니다. 이 과정에서 2만5천~3만 명의 무고한 사람들이 학살당했습니다.

불행하게도 1948년 5월 10일, 남한에서는 대한민국 제헌 국 회를 구성하기 위한 총선거가 치러집니다. 5·10총선거는 남로

당 등 좌익계의 선거 거부와 중도 계열인 근로 인민당과 김구의 한국 독립당, 김규식의 민족 자주 연맹의 불참 속에서 치러지는데, 그 결과 이승만의 독촉계 및 한국 민주당계가 대거 당선(무소속 85, 독촉 55, 한국 민주당 29, 지청천의 대동 청년단 12명 등 총 198명, 제주도는 1년 후 2명 선출; 임기 2년)이 되었습니다.

이승만은 5월 31일 초대 제헌 국회 의장에 선출되었고 곧 헌법 제정에 착수, 30명으로 된 기초 위원(위원장 서상일)과 유진오 등 6명의 전문 위원을 선정하였습니다. 당시 전문 위원단 초안은 바이마르 공화국을 모델로 한 내각 책임제 헌법 안이었으나, 이승만이 강력히 반발하여 대통령제에 의원 내각제를 절충한 묘한 헌법 안이 7월 12일 국회를 통과합니다.

곧바로 7월 20일, 재석 의원 196명 중 180명의 찬성으로 초대 대통령에 이승만이 당선(김구 13표)되면서 8월 15일에는 대한민국 정부가 수립(부통령 이시영, 국회의장 신익희, 대법원장 김병로, 국무총리 이범석)되었습니다. 제헌 국회에서 선출된 대통령 이승만은 8월 15일 대한민국 정부 수립을 국내외에 선포합니다. 이승만의 권력욕과 미국의 제국적 욕심이 연합한 결과물이었지요.

1948년 8월 15일 대한민국 정부 수립(제1공화국)으로 미군정

체제는 폐지되나, 실제로 미국 정부가 대한민국 정부를 공식적으로 승인한 것은 한국 전쟁 발발 한 해 전인 1949년 1월의 일입니다. 그에 앞서 1948년 12월에 있었던 유엔 총회는 대한민국이 유일한 합법 정부임을 승인하였습니다.

38선 이북에서는 이미 1947년 11월 18일, 북조선 인민 위원회 제3차 회의에서 임시 헌법 제정 위원회가 수립됩니다. 이듬해 8월 25일 대의원 선거로 북조선 최고 인민 회의가 설립되고, 9월 3일 북조선 사회주의 헌법을 공식 채택합니다. 대한민국 정부 수립 한 달 뒤인 9월 9일, 김일성을 지도자로 하는 조선 민주주의 인민 공화국 수립을 선포하고, 10월 12일 소련의 승인을 받음과 동시에 소군정은 끝이 납니다.

한국 전쟁을 거치며

흔히 6·25또는 6·25동란, 6·25사변이라고도 불리는 한국 전쟁은 1950년 6월 25일 새벽 4시, 북한군의 전격 남침으로 시작된 대한민국과 조선 민주주의 인민 공화국 간 전면전을 말합니다. 전쟁은 1953년 7월 27일에 있었던 휴전 협정 이후, 휴전선을 사이에 두고 현재까지 서류상으로 휴전 중입니다. 대한민국을 비롯한 세계 대부분이 북한 정권이 한반도 전체를 공산화하기 위해 38도선 전역에 걸쳐서 남한에 대한 무력 침공을 감행하였다는 남침설을 정설로 보고 있으며, 북한에서는 남한이 먼저 공격했다는 북침설을 주장합니다.

어쨌든 3년 동안 계속된 이 전쟁으로 수많은 사람이 죽거나 다치고, 산업 시설 대부분이 파괴되는 등 양쪽 모두가 큰 피해를 보았습니다. 무엇보다 안타까운 것은 전쟁으로 인해 남북한 간에 서로에 대한 적대적 감정이 팽배하게 되어 한반도 분단이 더욱 고착화되었다는 사실입니다.

6·25라는 민족적 비극을 상상조차 하지 못한 이승만은 자신의 권력욕을 끝 간 데 없이 끌어올렸습니다. 우선 그는 1949년 5월, 친일파 처벌과 미군 철수, 토지 개혁 등을 강력히 요구하는 소장파의 리더였던 제헌 국회 부의장 김약수를 비롯한 국회의원 10여 명을 '남로당 국회 프락치 사건'으로 구속합니다. 그러자 이승만과 협력 관계였던 한국 민주당이 점차 야당으로 변신, 한국 독립당원이던 신익희와 지청천을 포섭해 대한 국민당을

끌어들여 민주 국민당을 창당합니다. 이 당이 바로 오늘날 더불어 민주당의 시초가 됩니다. 김대중, 노무현, 문재인 세 대통령을 탄생시킨 씨앗이 된 것입니다.

휴전 이후 이승만에 반대하는 야당은 범야권 세력을 규합하여 1955년 9월 민주당을 창당하고 조봉암을 비롯한 혁신계 영입을 두고 논란을 벌입니다. 결국에는 1956년 5월 제3대 대통령 선거에 민주당 신익희와 진보당 조봉암이 각기 후보로 출마하여 이승만과 대결합니다. 그러나 유력한 야당 후보였던 신익희가 유세 도중 급서하고, 결과는 이승만 500만 표, 조봉암 210만 표, 무효 180만 표로 정권 교체에 실패합니다. 이승만의 강력한 정적으로 등장한 조봉암은 1958년 1월 간첩 혐의로 체포되고 1959년 7월 사형당하고 맙니다.

동족상잔이라는 비극을 치른 교훈도 잊은 채 이승만 정권은 갖은 부정부패를 저질렀고, 그에 못지않은 공무원의 무능 또한 민생과 경제를 토탄에 빠트렸습니다. 사회는 극도로 혼란해져, 경제는 마비되었고 식량난으로 국민들이 끼니를 때우지 못할 정도로 극심한 사회 불안이 가중되었습니다. 이런 상황인데도 이승만은 아랑곳하지 않고 재집권 야욕만 불태웠습니다.

1960년 제4대 대통령 선거 도중, 유력한 야당 단독 후보였던 조병옥이 사망하면서 이승만의 당선이 확실해 보였습니다. 그러나 자유당 정권은 이승만이 고령(1875년생)임을 고려해 대통령 승계권자인 부통령에 자당의 이기붕을 당선시키기 위해 무리하도록 도를 넘어서는 부정 선거를 감행했습니다. 이것이 바로 1960년 3월 15일 있었던 3·15부정 선거입니다. 그러나 민주 학생들이 가만히 있지 않았습니다. 의거는 4월 19일, 그 폭발적인 힘을 발휘하여 이승만 정권이 물러났고 과도 정부가 수립되어 윤보선 씨가 제4대 대통령에 취임합니다.

이 4·19혁명은 민주 학생에 의해 주도되어 전 국민으로 확산이 된, 우리나라 최초로 민중에 의해 정권 교체를 이룬 대한민국 역사상 가장 큰 의의가 있는 혁명입니다. 그러나 이런 큰 의미가 있는 혁명을 정치가들의 분열과 야합으로 국민은 더 불안이 가중되어 일 년 후인 1961년 5월 16일 군사 정변으로 이어지게 된 비극이 있습니다.

4 · 19 혁명이 남긴 것

1960년 3월, 대선을 앞두고 2월 27일 자유당 대구 유세 때 교사들을 유세장에 동원하기 위해 학교 수업을 전폐하였으며, 야당의 선거 유세가 있는 2월 28일에는 일요일임에도 학생들의 유세장 참여를 막기 위해 등교를 명령하였습니다. 그러자 경북고, 대구고 학생 1,800여 명이 학원 자유를 외치면서 가두시위를 벌였습니다.

자유당 정권은 이기붕 부통령 당선을 위해 4할 사전 투표, 조별 공개 투표, 투표함 바꿔치기, 완장 부대 동원으로 공포 분위기 조성, 야당 참관인 축출 등 관권을 동원해 조직적으로 부정 선거에 개입하였습니다. 선거 당일 마산에서는 부정 선거를 규탄하는 대규모 시위가 일어났고, 진압 경찰의 발포로 수십 명의 사상자가 발생하는 참사가 벌어집니다. 경찰은 시위 배후에 불순분자의 책동이 있어 발포하였다고 강변하였고, 정부는 이승만 963만 표(85%), 이기붕 834만 표(73%)를 얻어 당선되었다고 발표했습니다.

부정 선거에 대한 비판 여론이 높아지는 가운데 4월 11일, 마산상고 학생 김주열 군의 참혹한 시신이 마산 앞바다에 떠오릅니다. 이것이 도화선이 되어 수만 명의 학생, 시민들이 거리로 뛰쳐나왔고, 이날도 경찰 총격으로 두 명이 사망합니다. 이후 시위는 고교생을 중심으로 하여 전국으로 번져 나가던 중, 4월 18일 고대생 시위대가 정치 깡패들에게 기습 공격을 당한 사실이 알려집니다. 4월 19일, 서울 시내 대부분의 고교와 대학생들이 거리로 쏟아져 나와 시위를 벌였습니다. 이 또한 경찰의 무차별 발포로 100여 명이 희생되면서, 수십만 명의 학생·시민이 참여하는 혁명적 상황으로 바뀝니다. 정부는 오후 5시, 서울 등 대도시에 비상 계엄령을 선포하지만 20일 이후에도 시위는 전국으로 계속 번져 결국, 4월 26일 이승만은 하야 성명을 발표합니다.

혁명 후 대학가에서는 남북통일 운동, 신생활 운동, 국민 계몽 운동, 국토 개발 운동 등 각양각색의 다양한 학생 운동이 봇물 터지듯 쏟아져 나옵니다. 그중에서 가장 주목할 만한 것은 바로 통일 운동이었습니다. 서울대학교 문리대의 신진회라는 독서 모임을 중심으로 하여 전국 대학에서는 민족 통일 연맹(민통련)이 조직됩니다. 이들은 반외세 자주 통일에 깊은 관심을 보였으며, 혁명 후 대학생 특유의 혁명적 낭만주의와 연결되어 열정적 행동을 전개했습니다. 이들은 1960년 11월 발기 대회 건의문에서 "기성세대는 분단의 비극을 가져온 도의적 책임을 통감하며 민족 통일에 대한 새로운 세대의 정당한 발언을 억압하지 말 것, 정부는 조국 통일을 위한 적극적 외교를 펼칠 것, 모든 정당, 사회단체는 패배 의식을 불식하고 총선거에 대비하는 연합 기구를 만들 것"을 요구했지요.

이들은 1961년 5월 20일 판문점에서 남북 학생 회담 개최를 결정하고 "가자 북으로! 오라 남으로!"라는 구호를 외쳤습니다.

어떻게 보면 훗날 대통령 노무현이 외친 구호들과도 그 맥락이 닿아 있습니다. 그가 바랐던 남북의 통일은 바로 거기서 출발했기 때문입니다. 이념과 사상 그 모든 것을 아우르는 그 한마디, 그것이 대통령 노무현의 일관된 철학이었습니다. 당시 정부와 보수 진영은 북한의 공산 독재 정권이 무너지지 않는 한 남북통일은 불가능하므로 우선 경제부터 건설한 후에 통일하자며 학생들의 통일 운동을 비판하였습니다.

사회 대중당, 한국 사회당, 천도교, 유도회, 민주 민족 청년 동맹, 4월 학생 혁명 연합회 등이 연합하여 민족 자주 통일 준비

위원회(민자통)를 1960년 9월 발족합니다. 민자통은 1961년 2월 자주, 평화, 민주 3대 원칙에 입각한 통일 운동을 표방하고, 그 구체적인 실천 방안으로 '즉각적인 남북 협상, 민족 통일 건국 최고 위원회 구성, 외세 배격, 남북 대표자 회담'을 제시했습니다. 그러다 이 중 일부 세력은 중립화 통일 방안을 강조하며 탈퇴해, 중립화 조국 통일 운동 총연맹을 결성합니다. 1961년 2월 창간된 민족일보는 민자통과 함께 민통련의 남북 학생 회담을 적극적으로 지원하였습니다. 여기서 우리는 당시의 남북 양쪽의 통일 방안을 구체적으로 살펴볼 필요가 있습니다. 훗날 김대중 대통령과 노무현 대통령의 남북통일 방안의 기초가 된 사안들이기 때문입니다.

민주당 통일 방안

① 유엔 감시하 남북한을 통한 완전한 자유 선거로써 평화 통일을 도모하는 것을 원칙으로 한다.

② 선거 감시단의 구성원은 유엔 결의로써 하되, 각자 진정한

자유 선거를 실시하는 회원 국가로 한다.

③ 선거 전 남북 연합 위원회 구성은 대한민국이 유일한 합법 정부라는 유엔 결의와 배치되므로 반대한다.

④ 통일 전 남북 교류는 공산 파괴 공작이 진정하게 정지되리라는 보장이 없으므로 이를 반대한다.

⑤ 통일된 한국은 민주주의와 민권 자유를 보장하는 국가가 되어야 하며 적색 독재나 백색 독재를 반대한다.

북한의 남북 협상 통일 방안

① 어떠한 외국의 간섭도 없는 민주주의적 기반 위에서 자유로운 남북한 총선거를 실시할 것.

② 아직 남조선 당국이 자유로운 총선거를 받아들일 수 없다면 과도적 조치로서 남·북조선의 연방제를 제의한다(남·북조선에 현존하는 정치 제도를 그대로 두고 양 정부의 독자적인 활동을 보장하는 동시에 양 정부 대표로 구성되는 최고 민족 회의를 조직하여 주로 남북 간의 경제 문화 발전을 통일적으로 조절한다.).

③ 만일 상기 제안들을 남조선 당국이 동의치 않는다면 남·북조선 실업계 대표로 구성되는 순전한 경제 위원회라도 조직하자.

④ 남·북조선의 문화 사절 왕래와 과학, 문화, 예술, 체육 등 모든 분야에서의 교류를 다시 한번 제의한다.

⑤ 남조선에서의 미군의 즉시 철퇴를 요구하며, 남·북조선 군대를 각각 10만 또는 그 이하로 축소할 것을 제의한다.

⑥ 이상의 제 문제를 협의하기 위해 남·북조선 대표들이 평양이나 서울 또는 판문점에서 합의할 것을 남조선 당국과 정당 사회단체 및 개인 인사에게 제의한다.

5·16 군사 정변과 군부 독재가 남긴 것

그러나 격동의 4월 혁명 후, 1960년 5월 소장파 청년 장교들이 자유당 정권과 결탁한 부패한 군 고위 장성의 퇴진을 요구하는 정군 운동을 벌이다가 김종필 등 육사 8기생 8명이 체포됩니다. 그렇지만 군이 동요할 것을 우려하여 육군 참모 총장 송요

찬과 연합 참모 총장 백선엽이 사임하면서 이들은 석방됩니다. 육군에서 시작된 정군 운동은 해군, 공군, 해병대로 번져 나가며 많은 충돌이 일어나지요. 9월에는 장교 11명이 국방 장관에게 정군 단행을 건의하다가 하극상 혐의로 체포되고, 이 중 김종필, 김형욱 등은 1961년 2월에 자진 예편합니다.

이들은 정규 육사 출신들로, 군대 창설과 전쟁 등을 이유로 고속 승진한 학력도 변변치 못하면서 부패한 고위 장성들을 경멸하였고, 상대적으로 인사 적체가 심한 탓에 불만도 많았습니다. 특히 육사 8기생들은 그 수가 수백 명으로 가장 많았고, 수도권과 야전군 부대마다 참모로서 요직에 근무하고 있었습니다. 더욱이 장면 정부가 감군 정책을 검토하자, 신분상 불안을 느낀 이들은 박정희와 공모해 1961년 5월 16일 불과 3,600명의 병력으로 5·16군사 정변을 성공시킵니다. 이로써 30년 군부 독재의 발판을 마련한 것입니다.

공과의 격론은 많지만, 일개 소장 출신의, 그것도 친일 부역자인 박정희의 등장은 우리 헌정사는 물론 남북의 분단 고착화가 정당화되는 비극을 초래하게 됩니다. 오늘날의 우리 사회가 안고 있는 묵은 정치적 갈등도 그의 끝없는 권력욕에서 비롯된 불행한 유산 중 하나입니다.

어쨌든 군사 정변 발발 후 12시간이나 태도 표명을 보류하고 있던 육군 참모 총장 장도영은 오후 4시, 군사 혁명 위원회 의장직을 수락합니다. 당시 1군 사령관 이한림은 만주 군관 학교 동기생 박정희를 극도로 불신하였고, 따라서 휘하에 있는 20개 전투 사단 중 1개 사단만 동원해도 군사 정변 세력을 진압할 수 있는 위치에 있었습니다.

그러나 그는 1군 사령부 내에도 침투해 있던 군사 정변 동조 세력에 당황한 나머지 상부의 지침을 기다리느라 머뭇거렸고, 결국 5월 19일 군사 정변 세력에게 체포되고 맙니다. 총성을 듣고 도망친 장면 총리는 수녀원에 숨은 채 군사 정변 진압을 위한 적극적인 노력을 하지 않았고, 정치적 영향력을 상실한 채 장면 총리에 내심 분개해 있던 윤보선 대통령은 당시 유엔군 총사령관 매그루더의 진압 요청을 "내전은 절대로 안 된다."는 논리로 반대합니다.

당시 미국의 역할은 지금도 논란거리입니다. 미국도 군사 정변에 관한 정보는 알고 있었다는 것이 학계의 정설입니다. 정변 당일 11시, 미 대사관과 미군은 군사 정변을 비난하는 성명을 발표하고 미군 1개 기갑 대대와 한국 야전군 일부 병력을 동원하는 진압 계획을 준비하고 있었습니다. 그러나 실질적인 국군 통수권자였던 장면 총리의 행방이 묘연했고, 윤보선 대통령마저 진압군 동원을 거부했습니다.

미국 정부로서도 은연중 반미 색채가 짙은 혁신계의 영향력 확대와 무능한 장면 정부에 불안해하던 중 반공을 혁명 공약 제1항에 내세운 군사 정변 세력을 마냥 부정적인 시각으로만 볼 것도 아니었습니다. 여기서 미국과의 사전 교감설이 제기되지만, 진실은 알 수 없습니다. 다만 미국뿐만이 아니라 강대국은 언제나 자국의 이익만 추구하지, 약소국의 인권이나 민주주의에는 전혀 관심을 두고 있지 않다는 것은 주지의 사실이지요.

"20세기 후반 아시아 나라들의 젊은 층과 지식인들은 지금까지는 그냥 아시아적인 병폐로 넘어갔던 독직, 부패, 권력자의 친인척 발호를 묵인하지 않을 것이다. 현 정권에 실망한 이들은 공산주의의 독재성과 인명 경시 풍조까지도 애써 무시하면서 공산주의자들의 엄격성과 집념을 높게 평가하고 그들의 유혹에 빠질 위험성이 있다. 한국 정부는 언론의 비판에 너무너무 신경을 쓰고 있다.

정부는 젊은 층에 희망을 줄 만한 생활 수준 향상 부문에서 가시적인 성과를 보여 주어야 한다. 만약 근시안적인 세력이 집권하고 이들이 다시 쫓겨나고 하는 혼란이 일어난다면 통일을 외치는 목소리가 높아져 한국을 공산주의자들의 함정에 빠뜨릴 가능성도 있다. (조갑제, 『내 무덤에 침을 뱉어라』)"

1962년 3월, 민주당 구파 인사들도 대거 정치 정화법에 따라 정치 활동이 금지된 사실을 안 윤보선 대통령은 하야 성명을 발표합니다. 12월 27일에는 대통령제 개헌안 국민 투표가 실시되어, 86% 투표에 79%의 찬성으로 통과되었습니다. 그러나 이 와중에 군사 정변의 주체 세력이었던 김종필 등 육사 8기 세력과 계급으로는 그들의 상관이었던 김동하, 김재춘 등이 반목하면서 4대 의혹 사건이 터져 나옵니다.

이들의 반목은 급기야 군을 동원한 실력대결 양상까지 보이자, 박정희는 1963년 2월, 장충체육관에서 내외신 기자들을 모아놓고 민정 불참 선서식을 엽니다. 결국, 김종필은 자의 반 타의 반 중앙정보부장에서 밀려나 외유를 떠나고, 내부 분란을 수습한 박정희는 군복을 벗고 본격적으로 정치 일선에 뛰어들게 됩니다.

1963년 10월 제5대 대선에서 박정희는 470만 표(46.6%)를 얻어 455만 표(45.1%)를 얻은 윤보선을 가까스로 제치고 당선됩니다. 11월에 있었던 제6대 총선에서는 야당이 11개나 난립하면서 극심한 분열을 보인 탓에 박정희가 이끄는 민주 공화당이 총 의석 175석 중 33.5%의 득표로 110석(62.8%)을 얻어 41석의 민정당(20.1%), 13석의 민주당(13.6%)을 제치고 압승을 거둡니다.

박정희는 이때 연설에서 "민족의식이 없는 사람들에게 자유 민주주의는 항상 잘못 해석되고 또 잘 소화되지 않는 법이다."라고 했습니다. 그는 또 "사회 질서를 요구하는 것은 탄압이다, 교통 신호를 지키게 강요하는 것은 독재다, 외국 대사관 앞에서 데모하는 것은 자유다, 하는 이런 사고방식은 모두 자유 민주주의를 잘못 이해하는 것이다."라고 주장했습니다. 과연 일본식으로 이름마저 두 번이나 개명한 그가 민족을 운운할 자격이나 갖추고 있었는지 묻고 싶지만, 이미 역사는 흘러갔습니다. 그는 당시의 선거를 "사상과 사상을 달리하는 세대의 대결이다. 즉, 민족적 이념을 망각한 가식의 자유 민주주의 사상과 강력한 민족적 이념을 바탕으로 한 자유 민주주의 사상과의 대결이다."라고 선언했습니다. 우스운 일이지요.

그에 대해 윤보선 대통령은 이렇게 말했습니다.

"내가 할 말을 박 후보가 방송을 통해서 했는데, 국민이 현명하게 판단할 것이다. 우리는 가식적, 이질적 민주주의와 대결하고 있다. 나는 오히려 박 의장의 민주 사상을 의심해 마지않는다. 박 의장의 '국가와 혁명과 나'라는 저서를 보면 "서구의 민주주의가 대한민국에 맞지 않는다."라고 말했는데 이것은 무엇을 말하는 것인가? 이 책을 보면 이집트의 나세르를 찬양하고 히틀러도 쓸 만한 사람이라고 했는데, 과연 이 사람이 민주주의를 신봉하는 사람인가 의심하지 않을 수 없다. 나는 어제 여수에서 유세하면서 느낀 바가 있는데, 여순 반란 사건의 관련자가 정부 안에 있다는 것을 상기해야 한다. 여순 반란 사건은 민주주의와 민족주의를 신봉하는 사람이 한 것은 아니라고 생각한다."

그러면서 이렇게 덧붙였습니다.

"민주 공화당은 공산당 돈을 가지고 공산당 간첩이 와서 공산당식으로 조직한 정당이다. 북괴 무역 부상 황태성이 20만 달러를 가지고 왔는데 김종필 씨가 그를 조선호텔에 모셔다가 서울에 밀봉 교육 장소를 다섯 군데나 만들어 놓고 공산당식으로 점 조직을 했다."

그러자 박정희는 이렇게 맞받았습니다.

"싸우다 힘이 부족하면 빨갱이라는 모략을 하는 것이 바로 야당이다. 과거 한국 민주당이 이따위 수법을 썼는데 오늘에 와서도 야당은 똑같은 수법을 쓰고 있다. 과거와 양상이 다르다면, 과거는 여당이 야당을 잡았는데 지금은 야당이 여당을 잡으려하고 있다."

또 이렇게 자신을 변호하기도 했습니다.

"나는 전방 사단장도 하고 야전군 참모장도 했다. 내가 빨갱이였다면 사단을 이끌고 북으로 넘어갈 수도 있었다. 그런 위험한 사람이 혁명을 일으켰는데, 윤 후보는 왜 대통령직에 앉아 있으면서 우리를 비호했나?"

1976년 11월, 인권 외교를 강조하는 카터가 미국 대통령으로 당선되면서 한미 관계는 악화 일로를 걷기 시작합니다. 그러면서 '박동선 게이트' 사건이 터지고, 청와대 도청설, 미 의회 의원들에 대한 로비설 등이 미국 언론을 장식하지요. 미국은 주한미군 철수로 박 정권을 길들이려 하고, 박정희는 자주국방을 내

세우며 독자적인 무기 개발에 나서게 됩니다.

1978년 7월, 박정희는 체육관 선거에 단독 입후보하여 2,378명 대의원 중 2,377표의 찬성으로 제9대 대통령에 다섯 번째로 당선됩니다. 물론 반대표는 없고, 무효표만 한 표였습니다. 그러나 이어진 이어 제10대 총선에서는 사상 처음으로 신민당이 32.8%의 득표로 공화당의 31.7%보다 1.1%를 더 얻는 데 성공합니다.

1979년 5월 30일 신민당 전당 대회에서는 당 소장파가 미는 김영삼이 총재에 당선되면서 선명 야당 노선을 내걸며 박 정권에 정면 도전합니다. 6월에 카터가 방한했지만, 한미 간 갈등은 더욱 깊어졌고 10월 4일, 마침내 공화당이 다수의 힘으로 국회에서 야당 총재를 제명 처리하지요. 이에 자극받은 부산에서는 10월 18일, 학생 시위에 시민들이 합세하면서 대규모 시위로 발전합니다. 그러자 정부는 부산 지역에 계엄령을 선포합니다.

시위가 경남 일원으로 번지면서 20일에는 마산과 창원에 위수령이 발동되고, 정국은 급박하게 돌아갑니다. 이 상황에서 강경책을 주장하는 차지철 경호실장과 온건책을 주장하는 김재규 중앙정보부장 간에 권력 다툼이 일어납니다. 10월 26일, 중앙정보부 궁정동 비밀 안전 가옥에서 벌어진 소연회장에서 김재규는 부하들을 시켜 청와대 경호원들을 제압하고 본인은 직접 박정희와 차지철을 사살함으로써 18년 박정희 군부 독재는 막을 내리게 됩니다.

그러나 그것은 우리 민주주의 서막일 뿐 박정희를 보고 배운 또 다른 군부 독재가 우리를 기다리고 있었습니다. 전두환이 등장했고 노태우의 6·29 선언으로 마침내 대통령 직선제가 실현되었습니다. 그러나 아쉽게도 김대중 김영삼이라는 야당의 거목들은 단결하지 못했고, 또다시 노태우라는 반쪽의 대통령을 만들고 말았습니다. 물론 안타깝게도 지역색이라는 우리 정치의 민낯이 고스란히 투영된 결과였지요.

1981년, 노무현은 우연히 김광일 변호사의 부탁으로 변론을 맡게 된 부림사건을 맡은 계기로 인권 변호사의 길을 걷게 됩니다. 당시 김광일 변호사는 경상도를 대표하는 인권 변호사로 유명했는데, 이 사건을 위해 그는 무료 변호인단을 구성합니다. 하지만 담당 검사 최병국이 김광일 변호사에게 참가하면 공범으로 함께 기소해 변호사 자격을 정지시키겠다고 협박하자 변호인단에서 빠졌고, 자신을 대신해 노무현에게 변호인단 참여

국회 5공비리 특위의 일해재단 청문회에서 장세동 전 청와대 경호실장을 증인으로
출석시키고 민주당 노무현 의원이 신문하고 있다. (1988. 11. 8)

를 부탁합니다.

이는 노무현이 세무회계 전문 변호사에서 인권 변호사로 거듭나는 계기가 됩니다. 이 과정을 유심히 지켜본 김영삼 총재의 제의로 노무현은 통일민주당에 입당하여, 1988년 4월, 제13대 국회의원 선거에서 부산직할시 동구에 출마해 당시 실세였던 민주정의당 허삼수 후보를 꺾고 당선됩니다.

이후 제5공화국 비리 조사 특별 위원회(5공청문회) 위원으로 선정되었고, 5공 청문회 때 발의자로 등장해 전두환과의 청문회 이후 분을 참지 못하고 명패를 내던진 것은 너무나 유명한 일화입니다. 5공 시절 억눌려 지내던 국민들의 응어리를 풀어주는 통쾌한 추궁으로 유명해지면서 노무현은 일약 '청문회 스타'로 거듭나게 되었고, 이 유명세로 인해 시간이 흘러서 대통령 선거까지 도전할 수 있도록 평가를 받게 되는 큰 자산이 되었지요. 그러나 이후 통일민주당이 민주정의당과 신민주공화당과의 연합, 즉 3당 합당을 하게 되었지요.

"이게 회의입니까? 이것이 어찌 회의입니까? 이의가 있으면 반대 토론을 해야 합니다! 토론과 설득이 없는 회의가 어디 있습니까? 토론과 설득이 없는 회의도 있습니까?"

그렇게 3당 합당을 야합이라 비판하며 거부하고 정치 인생의 길을 열어주었던 김영삼 총재의 곁을 떠난 뒤, 새정치국민회의에 입당하여 부총재를 맡으며, 김대중 총재의 대통령 당선에 공을 세우게 됩니다.

　이후 지역주의를 깨기 위한 도전을 계속 이어갔던 이력이 언론을 통해 알려지게 되면서 오히려 주목을 받는 낙선자가 되었고, 바로 이때부터 '바보 노무현'이라는 별명이 생겼습니다. 그가 내건 기치는 단순했습니다.

　"남북이 갈린 것만도 억울한데 못난 정치 세력이 동서로까지 우리를 갈라놓는 것은 참을 수 없다."

　이처럼 그는 비교적 짧은 정치 인생에서 줄서기나 지역주의 정치를 거부한 채 과감히 몸을 던져 현실에 도전하는 정치인이라는 인식을 국민에게 심어 주었습니다. 그것이 바로 훗날 그가 가지고 있는 특정 지지 세력이 없음에도 불구하고 대통령이 될 수 있었던 원동력입니다.

대통령이 될 씨앗

우리의 노키호테는 옳은 것이 아니라는 판단이 들면 뒤도 돌아보지 않았습니다. 많은 정치인이 자신을 보호해 줄 거물 정치인을 찾거나, 아니면 자신에게 표를 몰아줄 지역을 찾아 헤맬때 그는 정도와 원칙을 찾아 거리를 헤맸습니다. 그때부터 그는 앞으로 대통령이 될 씨앗들을 차분히 심기 시작한 것이지요.

1993년 8월, 그는 다가올 지방화 시대를 준비하면서 지방 자치 실무 연구소를 열었습니다. 그는 지방 자치 연구소에 '실무'라는 단어를 넣기 원했습니다. 이 연구소는 흔히 접할 수 있는 정치인의 사무실이 아니라, 말 그대로 시민이 중심이 된 민주주의, 지방화 시대의 개발 전략을 연구하는 명실상부한 연구소로 활동했습니다. 이 연구소는 오늘날 지방 시대의 주역이 된 인재들을 상당수 배출했습니다. 대통령 선거 공약이 되었던 지방화 시대의 발전 전략은 이때부터 비롯되었다고 할 수 있습니다.

지방 의원과 시민운동을 묶어 보려는 그의 노력은 계속 이어졌습니다. 시민운동이 우리 사회를 이끌어 가는 중심이라고 생각을 한 거지요.

그는 1995년에는 부산 광역시장 선거에 출마하여 36.7%의 득표율을 얻었으나 결국 또 낙선하고 맙니다. 또다시 지역주의라는 벽을 넘지 못하고 좌절한 것입니다. 당시 경기 도지사 여론조사에서도 우위를 보였고, 서울시장 후보가 부시장으로 러닝메이트를 제안했지만, 이를 뿌리치고 다시 부산에 도전했던 것입니다.

선거 초반까지 실시된 각종 여론조사에서 그는 압도적인 우세를 보였지만, 김대중 총재의 사실상 정계 복귀와 지역 몰표 현상으로 끝내 낙선하고 말았습니다. 그는 훗날 당시 상황을 이렇게 마무리했습니다.

"1995년 부산시장 선거에 민주당 깃발을 들고 도전했습니다. 부산 시민들이 민주당을 탈당하면 뽑아 주겠다고 권유했지만 저는 거부했습니다. 그것은 지역주의에 영합하는 일입니다. 정치인의 원칙과 정도가 아니기 때문입니다. (유시민, 『이런 바보 또 없습니다 아! 노무현』)"

"낙선이 나에게서 모든 것을 빼앗아 간 것만은 아니었습니다. 우리

당원들이 나를 민주당의 가장 젊은 최고위원으로 뽑아 준 것은 나의 낙선에 대한 보상이었을 것입니다. 아무튼, 나는 보다 큰 시야에서 정치를 배울 기회를 얻게 된 것입니다. (『노무현 전집 1』, 돌베개)"

그러나 결국 1997년 11월, 그는 새정치국민회의에 입당하여 김대중 총재를 지지하였습니다. 거대한 여당이 된 민자당을 견제하기 위해서는 어쩔 수 없는 선택이었습니다. 입당 후 김대중 총재는 그와 국민통합추진회의(통추) 집행 위원들을 독대한 자리에서 "오늘은 매우 기쁜 날이다. 여러분과 다시 일하게 된 데 대한 기쁨뿐만이 아니라, 그동안 여러분에게 지고 있었던 마음의 짐을 풀었다는 것이 가장 기쁘다."라고 말하며 1995년 있었던 야권 분열에서 빚진 마음을 사과하였습니다.

그리고 1997년 12월 18일, 김대중이 제15대 대통령으로 당선되면서 노무현은 사상 처음으로 국정을 운영하는 여당에 몸담게 되었습니다.

이윽고 1998년 7월에 치러진 종로구 보궐 선거에서 그는 국민회의 후보로 출마, 당선되어 재선 국회의원이 되었습니다. 이때부터 그는 갈등의 현장에 적극적으로 나서며 중재와 조정자

역할을 하기 시작했습니다. 대표적인 활동은 1998년 8월 현대자동차 파업 중재의 건, 1999년 삼성자동차 매각 협상 중재의 건 등 노동 관련 사건들이었습니다. 그는 무엇보다도 이 나라를 이끄는 동력은 힘들고 고된 노동의 일선에서 묵묵히 자기 일에 충실한 노동자들이라고 보았기 때문입니다. 그는 자신이 노동 활동에 남다른 관심을 갖는 이유를 이렇게 밝혔습니다.

"농성과 갈등이 장기화되어 그것이 국민 경제에 미치는 영향을 생각하면 더 이상 가만히 팔짱을 끼고 구경만 하고 있을 상황이 아니었다. '인기를 의식한다'는 언론의 보도도 있었고, 청와대 등 일부에서의 곱지 않은 시선도 있었다. 중재에 실패할 경우 내가 뒤집어써야 할 책임과 비난은 감당하기 어려운 것일 수도 있었다. 하지만 그 어느 것도 '갈등의 현장이 바로 정치의 현장이 되어야 한다'는 나의 생각을 바꿔 놓지는 못했다. 다행히 중재에 성공했고 분규는 끝났다. (『노무현 전집 6』, 돌베개)"

1999년, 그는 다시 실패하기 위해 부산으로 눈을 돌렸습니다. 당시엔 전라도 당이라는 인식이 있는 국민회의 당적으로는 이 세상 누가 와도 당선될 수 없는 부산에서 국회의원이 되겠다고 결단을 내린 것입니다. 그는 사람들 앞에 다음과 같이 말했습니다.

"저는 결단했습니다. 많은 사람이 말렸습니다만, 우리나라 정치 1번지 종로를 놔두고 죽음의 부산으로 갔습니다. 사람은 자기가 설 자리에 서야 합니다."

그는 2000년 4월, 제16대 총선에서 부산 강서 을 지역에 출마, 많은 지지자의 기대에도 불구하고 한나라당 후보에게 패배하여 또다시 지역주의의 벽을 넘지 못하고 좌절했습니다. 그러나 이를 계기로 그를 아끼는 전국의 지지자들과 누리꾼들이 모여 한국 최초의 정치인 팬클럽인 '노무현을 사랑하는 사람들의 모임(노사모)'을 결성했습니다. 노사모의 자발적인 모임은 국민 참여를 통한 정치 변화라는 새로운 가능성을 보여 주는 실마리가 되었습니다.

그는 비록 현실 정치에는 실패했지만, 자신이 품은 뜻을 이룰 발판을 마련한 것입니다. 그러던 중에 그는 2000년 8월, 해양수산부 장관에 임명되었습니다. 역시 그는 다른 장관들과 달랐습니다. 그는 어떤 직원과도 스스럼없이 대화했고, 그 누구와도

서슴지 않고 토론했습니다. 그는 처음으로 국정 운영의 일익을 담당하면서 폭넓은 경험을 쌓는 한편, 낮은 자세의 리더십으로 공직 사회에 활력을 불어넣었다는 평가를 받았습니다. 훗날 그가 대통령이 되어 국정을 수행하는 데에 커다란 자산이 되었던 것입니다. 그는 그때를 다음과 같이 회상하였습니다.

"제가 결정하거나 우리 해양수산부 직원들이 결정하거나 그 결과는 비슷한 것입니다. 채택할 수 있는 시스템은 비슷합니다. 그 시스템을 채택하는 과정을 그분들이 토론에 의해서 스스로 결정하게 하고, 스스로 결정한 그 시스템을 그대로, 약속대로 했습니다. 그 프로세스를 스스로 선택했기 때문에 그분들이 인사에 대해서 결과적으로 불만이 있더라도 그것을 수용해주었습니다."

노무현과 나의 자화상

갈 곳 없던 저는 덕유산을 오르고 있었습니다. 단 한 순간이라도 번잡한 서울을 떠나고 싶었습니다. 믿었던 지인에게 참화

민주당 대통령후보자 선출 부산광역시 대회에서 1위를 차지한
노무현 후보가 지지자 모임인 노사모 회원들과 승리를 자축하고 있다 (2002. 4. 20)

노사모 회원들이 13일 여의도 민주당사 앞에서 노후보 지지시위를 하고있다.
(2002. 8. 13)

를 당하고 난 뒤 죽고 싶은 심정이었지요. 돈도 돈이지만 인생 자체가 쓸쓸했습니다. 그때 문득 어떤 한 사람이 떠올랐습니다. 그리고 그의 말이 떠올랐습니다. 그것은 천둥벼락처럼 제 머릿속을 헤집었습니다.

노무현이라는 사람을 처음 보았을 때부터 제 일기장에는 빼곡히 그의 말이 적혀있었습니다. 그런 시원한 정치인은 처음 보았지요. 아마도 남의 사업이 아니라 제가 만든 회사를 하는 순간부터 너무나 많은 족쇄와, 많은 사람의 알력에 시달렸던 탓입니다. 물론 지금 생각하면 그 80%는 순전히 제 탓이었지요. 끓어오르는 원망과 분노 때문이었겠지요. 순진하고 어렸습니다.

다리가 있으면 다리로 다니면 됩니다.

너무도 평범하고 쉬운 말. 당시 신선하고 젊은 정치인, 5공 청문회 때 전두환과 그 일당들에게 국민을 대표하여 명패를 집어던진 초선의 정치인, 아니 정치인이라기보다는 젊은 열혈청년, 그때부터 열광했던 노무현의 이 말을 기억하며 제가 찾아간 어머니 산 덕유는 아름다웠습니다. 예전과 하나도 달라진 것이 없었습니다. 게딱지들처럼 함께 붙어살던 사람들만이 뿔뿔이 흩어져 있었습니다.

그런데 그곳이 바로 제 다리였습니다. 다리를 놓아두고 다른 길을 갈 수 없었습니다. 다리는 왜 생겼을까요? 바로 앞에 난관이 있기에 다리가 있겠지요. 그런데 그 난관 앞에 다리가 놓여 있는데도 많은 사람은 또 다른 길을 찾으려 합니다. 저 또한 그랬습니다. 바로 코앞에 다리가 놓여있는데도 그것을 보지 못한 것입니다.

'다리가 있으면 다리로 다니면 됩니다.'

이 밑도 끝도 없는 이야기를 따라 아무런 대책 없이 훌훌 찾아간 덕유산은, 제 믿음처럼 인간의 세세한 사연에는 아랑곳이 없었습니다. 봄이 오면 꽃을 피우고, 가을이 되면 나뭇잎이 졌습니다. 이제는 하얗게 목덜미만 남은 오리나무와 굴참나무가 산을 지키는 늦가을. 눈부신 햇살은 벌써 다음의 봄을 잉태하고 있었지요.

덕유산 중턱에 텐트를 친 저는 노무현이 보고 싶었습니다. 한 잔 술을 하고 싶었습니다. 일면식도 없었지만, 그의 용기와 불굴의 투지를 배우고 싶었습니다. 저 또한 그처럼 되고 싶었습니다. 그래서 밤낮으로 기도했습니다. 다시 일어설 수 있게 해달라고 하느님께 기도했습니다.

여기 싱싱한 노무현이 왔습니다. 싱싱한 노무현.

그 말들이 저를 울렸습니다. 절망과 탄식으로 수없이 주저앉을 수밖에 없었던 노무현, 그런데도 그는 유세 앞에 모인 많은 사람에게 그렇게 외쳤습니다.

실패할 줄 뻔히 알면서 부산과 서울에서 국회의원 선거에 감연히 나선 그 노무현을 닮기로 하였습니다. 선하지는 못해도 악하게는 살지 말자던 그의 가치를 따르기로 했습니다.

누구는 저녁의 노을을 한 자리에서 열두 번을 바라볼 수 있는 그곳이 바로 자신이 가고 싶은 천국이라고 했지만, 덕유산의 아침노을이 하루에 두 번만 있다고 해도 저는 그곳을 천국이라고 부를 것입니다. 그러나 아쉽게도 그곳의 아침은 단 한 번, 그리고 그것도 짧은 순간에 끝이 나고 말았습니다. 하기야 쾌락의 절정은 그 짧음에 있는 것인지도 모릅니다.

어차피 벽지 화순의 천둥벌거숭이로 태어나 그렇게 자란 몸,

아쉬울 것이 없었습니다. 죽도록 글이 쓰고 싶었던 시절이 있었습니다. 그래서 뭇 시인들이 써 놓은 명시들을 줄줄이 외웠던 시절이 있었습니다. 잘못된 세상을 한탄하며 자격만 된다면 정치의 한복판에 뛰어들고픈 시절 또한 있었습니다. 그러나 포악한 저잣거리에서 팽함을 당한 몸, 그 모든 것을 내려놓고 산과 구름, 그리고 바람을 바라보았습니다.

우리 안에 있는 분열의 구조를 해체해야 합니다.

그러나 저는 잘못된 사회의 구조가 아니라 제 안에 있는 구조를 해체하기로 하였습니다. 결코 쉬운 일이 아니었습니다. 제가 절망했던 그곳으로 다시 가야 한다는 전제가 필요했습니다. 모든 것을 잃고 다시 시작해야 한다는 두려움이 저를 감쌌습니다. 그렇지만 노무현의 '구조해체'는 결정적으로 제 뒤통수를 때렸습니다.

저는 살기 위해서 떠났던 타향에서 오히려 저 자신을 돌아보는 계기를 마련할 수 있었습니다. 그때 처음 본 서울역의 야경은 얼마나 아름다웠는지요? 저는 시계탑 앞 광장에서 넋을 놓고 도로 위를 지나는 자동차들의 불빛을 바라보고 있었지요. 그 때 저의 생각은 모든 근원적인 문제는 오직 자신에게서 찾아야 한다는 것이었습니다. 비로소 두 주먹을 불끈 쥐었습니다.

지면에서 말씀드리기도 민망한 부끄럽고 험한 일을 하면서도 정말 죽으라고 공부했습니다. 방값과 잡비를 내고 나면 얼마 남지 않은 돈으로 꼭 책은 샀습니다. 그리고 혼자서 공부하는 기쁨을 알았습니다. 공부만 할 수 있다면 죽어도 좋았습니다. 물론 거의 그 모든 책은 돈을 버는 일종의 경제 경영 서적이었습니다.

요즈음에는 그것을 가리켜 자기 계발 서적이라고 하지만 옳은 친구와 스승이 없던 저에게 그 책들은 하나님이 내린 선물이었습니다. 견문이 없었던 저 자신을 돌아보게 하였고, 민족과 역사를 전혀 알지 못했던 스스로를 돌아보게 하는 데에 결정적 역할을 하였습니다.

그러나 결국 그렇게 영락한 채로, 언제나 그리웠던 덕유산으로 돌아올 줄 누가 알았겠습니까? 역시 서울은, 사람은, 제가 생각한 만큼 만만한 곳이 아니었습니다. 어쨌든 저는 오래고 고되었던 서울 생활을 되뇌며 모든 감관을 닫고 오직 기도에만 매달렸습니다. 그리고 자신에게 집중했습니다. 또 그리고 천천히 눈을 떴습니다.

불안해서도 아니고, 불편해서도 아니었습니다. 오로지 돈을 벌어 내가 하고 싶은 공부를 하겠다는 일념으로 살아온 세월, 그러나 그것은 허망했습니다. 더럽고, 치사해서 인간에게 염증을 느낀 제가 비로소 찾아온 곳, 서울이라는 마을을 청산하고 덕유산으로 들어온 뒤 처음으로 저는 귀를 열 수 있었습니다. 숲속의 벌레 소리를 눈으로 볼 수 있었고, 덕유산 언덕을 밟고 가는 한가로운 해님의 발소리를 들을 수 있었습니다.

여기 서 있는 노무현은 증인석에 앉아 있는 증인에 비하면
아무것도 아닌 보잘것없는 사람입니다.

5공 청문회 때 초선의 국회의원 노무현이 현대 정주영 회장에게 던진 말입니다. 아무런 수식어가 없습니다. 아주 단순했습니다. 그래서 결국 '강도에게 당했다'라는 정회장의 말을 끌어냈습니다. 세상살이에 '정직이라는 정책보다 더 좋은 정책은 없다'라는 명구 그대로입니다. 저는 저에게 필요한 답을 찾았습니다.

'여기 앉아 있는 나 문기주는 세상 어느 사람보다 아무것도 아닌 보잘것없는 사람입니다.'

그러자 마음이 편해졌습니다. 두고 온 가족과 친구들, 그리고 고향이 그리워졌습니다. 보고 싶었습니다. 슬며시 웃음이 터져 나왔습니다. 어느 분야든 성공은 좌절하고 절망한 사람들의 몫이라는 생각이 들었습니다. 인생에 좌절과 절망이 없다면 어떻게 되는 것일까요? 저는 습관처럼 시 하나를 꺼내 들었습니다.

자화상(自畵像)

서정주

애비는 종이었다. 밤이 깊어도 오지 않았다.

파뿌리 같이 늙은 할머니와 대추꽃이 한 주 서 있을 뿐이었다.

어매는 달을 두고 풋살구가 꼭 하나만 먹고 싶다 하였으나…… 흙으로 바람벽한 호롱불 밑에

손톱이 까만 에미의 아들.

갑오년(甲午年)이라든가 바다에 나가서는 돌아오지 않는다 하는

외할아버지의 숱 많은 머리털과

그 커다란 눈이 나는 닮았다 한다.

스물세 해 동안 나를 키운 건 팔 할(八割)이 바람이다.

세상은 가도 가도 부끄럽기만 하더라

어떤 이는 내 눈에서 죄인(罪人)을 읽고 가고

어떤 이는 내 입에서 천치(天痴)를 읽고 가나

나는 아무것도 뉘우치진 않을란다.

찬란히 틔워 오는 어느 아침에도

이마 위에 얹힌 시(詩)의 이슬에는

몇 방울의 피가 언제나 섞여 있어

볕이거나 그늘이거나 혓바닥 늘어뜨린

병든 수캐마냥 헐떡거리며 나는 왔다. (시건설 7호, 1939년)

그러면서도 저는 미당처럼 저와 고향 집을 생각하고 있었습니다. 언젠가 제 몸이 내 몸이 아니게 되면, 웃으면서 나의 마을로 갈 수 있지 않을까? 하는 실현하지 않을 꿈을 꾸었습니다. 아무도 요구하지 않은 저 자신만의 기도, 그런데 몸이 땅바닥으로 가라앉을 때마다 오히려 반드시 수행해야 할 임무를 갖게 되었습니다.

어쩌면 이러한 임무는 제가 오래전 이 땅에서 태어날 때부터 마련되었던 것인지도 몰랐습니다. 저는 저의 의지가 살아남기를 희망하면서 가쁜 숨을 쉬고 있었습니다. 그리고 서울로 다시 올라온 그해, 2002년. 저와 처지가 같았던 두고두고 제 삶의 버팀목이었던 노무현 대통령의 진면목을 다시 만날 수 있었습니다.

3

———

바보,
대통령이
되다

제16대 대통령 취임식(2003. 2. 25)

마침내 노무현은 2002년 3월 9일 제주도를 시작으로 전국 16개 시도에서 치러진 국민 참여 경선을 통해 당당히 새천년민주당(민주당) 대통령 후보로 선출되었습니다. 아무도 예상하지 못한 노무현의 후보 선출은 '개혁과 통합'을 원하는 국민들의 뜨거운 지지로 가능했고, 국민 주권 시대를 여는 계기가 되었습니다. 그야말로 국민이 정치에 직접 참여하는 시대를 열어 가기 시작한 것입니다.

그는 후보 수락 연설에서 다음과 같이 말했습니다.

"우리 함께 이 꿈을 현실로 만들어 나갑시다. 정직하게, 성실하게 사는 사람, 그리고 정정당당하게 승부하는 사람이 성공하는 사회, 그런 아름다운 세상을 함께 만들어 봅시다. 불신과 분열의 시대를 끝내고 개혁의 시대, 통합의 시대로 함께 나아갑시다. 우리 아이들에게는 정의가 승리한다는 역사를 물려줍시다."

그의 선거 운동 방식은 전통적 선거 캠페인 방식에 획기적인 변화를 가져왔습니다. 돈, 지역, 학력, 측근 없는 정치를 펼쳐 온 그는 국민이 후원금을 내고 대통령 후보를 지원하는 방식을 공개적으로 요청했고, 국민들의 자발적인 참여로 60억 원 이상의 국민 성금을 모았습니다. 정말로 큰돈이었습니다. 희망 돼지저금통, 카드 결제, 휴대폰 모금, 희망 티켓 등의 다양한 형식을 통해 진행된 모금 행사는 기존의 선거 자금 모금 방식을 뛰어넘었으며, 미디어 선거, 인터넷 선거, 정책 선거의 원칙과 결합하여 국민 참여형 선거 운동의 새로운 모델을 만들었습니다.

그는 전국 유세를 다니며 목청껏 외쳤습니다.

"국민 여러분께서 우리 정치의 수준을 하루아침에 일류로 바꾸고 있습니다. 이것은 위대한 정치 혁명입니다. 저는 국민 여러분의 뜻을 받들어 이 정치 혁명을 성공시키겠습니다. 우리 정치를 왜곡시켜 온 분열의 지역주의를 청산하겠습니다. 제왕적 권위주의를 몰아내겠습니다. 부정부패 없는 깨끗한 정부를 만들겠습니다. 국민이 주인 되는 국민 참여의 정치, 모든 지역과 계층이 화합하는 국민 통합의 정치, 원칙과 상식이 지켜지는 신뢰의 정치, 깨끗하고 돈 안 드는 투명한 정치를 실천하겠습니다. (2002년 12월 18일, 노무현 후보 기자 회견 중에서)"

그는 대선 후보로 선출된 다음 대선 승리를 위한 계획으로 '민주 세력 대통합론'을 내놓았습니다. 1987년 대통령 선거에서 김영삼, 김대중 씨가 분열하면서 쪼개졌던 민주화 세력을 하나로 묶어 한국의 미래를 함께 열어 가자는 포부였습니다.

이를 위해 그는 김영삼 전 대통령을 만나 민주 세력 통합을 이야기했고, 지방 선거 때의 연합을 위해 후보 추천을 받기도 했습니다. 그 자리에서 그는 김영삼 전 대통령에게 통일민주당 시절 김영삼 전 대통령에게서 손수 받은 손목시계를 내보이기도 했습니다.

그러나 그 당시 그의 민주 세력 대통합론은 국민들에게 대선 승리를 위한 전략으로 읽히면서 그 진정성을 인정받지 못했습니다. 결국, 이 일은 그의 지지율 하락의 한 빌미가 되고 말았습니다. 그때까지 많은 국민들은 그의 진정성을 의심하고 있었으니까요. 그러나 지금 같으면 어떨까요? 아마도 많은 사람이 그의 의견에 귀를 기울일 것입니다. 그의 선택이 결국은 옳은 선택이었으니까요. 민주화 세력의 통합, 그것은 지금 우리에게도 남겨진 숙제이니까요. 그러나 안타깝게도 그 당시 현실은 그의 의견을 들어 줄 사람이 없었습니다.

그가 당적을 두고 있던 새천년 민주당은 김대중 당시 대통령 아들들의 비리로 국민의 지지에서 점점 멀어지고 있는 터였습니다. 이 일은 그의 이미지에 큰 타격을 줬고, 지지율은 본격적인 내림세로 돌아서기 시작했습니다.

그는 당 지지율 하락과 본인의 지지율 급락 속에서도 지방 선거 승리를 위한 전략과 행동에 노력해야만 했습니다. 이는 대선 후보로서 선거에서 책임 있는 위치에 서야 했기 때문이기도 했고, 또 자신이 국민 경선제 실시 시기로 지방 선거전을 거론하며 "후보가 지방 선거 결과에 책임져야 한다."고 한 말 때문이었습니다.

특히 그는 부산시장을 반드시 당선시키겠다고 강조했습니다. 또 자신의 후보 재신임을 내세우며 선거 결과에 책임지겠다는 강한 의지를 내보였습니다. 하지만 새천년민주당에서 돌아선 민심은 그의 외침을 외면했고, 지방 선거에서 민주당은 참패하고 말았습니다. 대선을 6개월 남짓 남겨 둔 시점에서 당내는 "이러다 대선에서 패하는 것 아니냐?"며 불안감에 술렁거렸고, 그의 개혁성이나 그의 색깔이 탐탁지 않았던 일부 민주당 의원들은 집단으로 '노무현 흔들기'에 나섰습니다.

그는 선거 전 약속한 대로 "후보 재신임을 묻겠다."고 했고 당 회의에서 후보 재신임을 받아 냈지만, 이는 의원 전체의 총의가 아니었습니다. 여기에 월드컵 바람을 타고 우리나라 축구 협회 장이었던 정몽준 씨가 정풍이라는 거센 돌풍을 일으키자, 노무현의 지지율은 더 낮아지고 당내 의원들로부터도 배척받기 시작했습니다. 그럴수록 노무현 흔들기는 더욱 노골화되었고, 후보 단일화론은 물론이거니와 후보 교체론까지 나왔습니다. 노무현은 경쟁력이 없는 만큼 정몽준을 수혈해 대선 새 판 짜기에 나서야 하지 않느냐는 정치적 판단이었습니다.

함께 위기를 느낀 두 사람은 여론에 이끌려 밤늦게 직접 만나 단일화 협상에 나섰고, 소주잔을 들며 여론조사 방식에 의해 한 사람으로 후보를 정하는 단일화 협상을 맺었습니다. 그리고 텔레비전 토론과 여론조사를 거쳐 2002년 11월 24일, 노무현-정몽준 단일 후보는 노무현으로 최종 판가름이 났습니다. 그러나 선거 운동 마지막 날인 12월 18일, 정몽준이 후보 단일화 파기를 선언하며 대통령 선거 결과는 누구도 예측할 수 없게 되었습니다.

그런데 놀랍게도 국민들은 노무현을 더욱 확고히 지지했습니다. 결국, 그는 48.9%의 지지를 얻어 대한민국 제16대 대통령에 당선되었습니다. 그의 당선은 새로운 정치를 바라는 국민의 뜨거운 소망이 이루어낸 국민의 승리이자 쾌거였습니다.

그는 들뜬 목소리로 말했습니다.

"제 당선을 위해 열심히 노력해 주신 민주당 당원 동지 여러분 대단히 감사합니다. 그리고 민주당 당원 동지 여러분 외에도 많은 분들이 저의 당선을 위해서 땀 흘리고 노력해 주셨습니다. 개혁 국민 정당 당원 동지 여러분, 그리고 노사모 회원, 그 밖의 많은 국민 여러분, 정말 거듭거듭 감사드립니다. 그리고 저의 당선을 위해서 뛰어 주시지 않으셨지만, 혹은 이번 선거에서 저를 반대하신 많은 국민 여러분께도 감사 인사를 드립니다. 앞으로 저를 지지한 분들만의 대통령이 아닌 저를 반대하신 분들까지 포함한 모든 국민들의 대통령으로서, 또 심부름꾼으로 최선을 다할 것을 이 자리에서 약속을 드립니다. (2002년 12월 19일, 국민들께 드리는 인사 말씀)"

그가 대통령이 된 건, '반칙과 특권 없는 세상'이란 구호와 사상 최초의 자발적인 정치인 팬클럽인 '노사모'의 열광적인 지

대통령 후보 시절 대한민국의 4강진출을 응원하는 모습(2002.6.22)

민주당 부산시장 정당연설회장에 박수를 받으며 입장하는 모습 (2002.6.3)

원 덕분이었습니다. 그리고 정치 개혁의 상징이었던 '희망 돼지 저금통'은 2002년 최고의 히트 상품인 노풍의 진원지였습니다. 이런 원동력이 뒷받침된 덕분에 그는 특정 세력과 조직 그리고 돈이 없는 '3무 정치인'으로서 집권에 성공한 21세기 첫 대한민국 대통령이 되었습니다.

그는 돈으로부터 자유롭고 오로지 '국민에게만 빚진' 대통령이었습니다. 그래서 그는 수십 년 한국 정치를 지배해 온 이른바 '3김 정치'를 근본으로부터 바꿀 수 있는 유일한 사람으로 간주되었습니다. 그의 대통령 재임 기간은 이러한 해묵은 과제에 대한 '도전'과 '승부'의 연속이었습니다. 단단히 박힌 기존의 질서를 허무는 일은 결코 쉬운 일이 아니었습니다. 많은 사람의 야유와 비판은 피할 수 없는 그의 운명이었습니다.

쉽지 않은 길

그는 대통령이 되자마자 주변의 만류에도 불구하고 '평검사와의 대화'를 통해 검찰 권력의 힘 빼기를 시도했으며, 자신에 대한 불법 대선 자금 수사의 길을 열어 줌으로써 정경 유착 관행을 단절시켰습니다. 즉 정치인과 기업을 하는 돈 많은 경영인들이 뇌물을 주고받는 풍토를 없앤 것입니다. 정치하는 사람은 정치를 하고, 기업하는 사람은 기업을 하는 그런 정상적인 형태 말입니다. 이제부터 정치에서는 정직하지 못한 일은 하지 못하게 한 것입니다.

그러나 그때 많은 사람이 그런 대통령을 지켜보며 신중하지 못하다느니, 격식을 모른다느니 하며 헐뜯었습니다. 그가 하는 행동 하나, 말 하나에 토를 달았습니다. 여당과 야당으로 갈라진 사람들은 한 가지 일을 두고도 해석이 달랐던 것입니다.

고심 끝에 그는 야당인 한나라당에 낡은 정치와 지역주의를 타파하기 위한 '대연정'을 제안하였습니다. 야당에도 국정 운영권을 나누어 주려는 생각에서였습니다. 나라를 위하는 길은 여당과 야당이 따로 있을 수 없다는 그의 신념 때문이었습니다.

이제 국정 운영을 어느 한 당만이 차지해서는 안 된다는 생각을 하였던 것입니다. 우리나라는 선거에서, 그것도 대통령 선거에서 이긴 당이 국정의 모든 것을 결정하는 완전한 대통령제를 채택하고 있기 때문이었습니다. 그는 자신이 대통령이면서도

국회에서 열린 취임식을 마치고
청와대에 도착해 국무총리
임명 동의요청서에 서명하는
모습(2003. 2. 25)

청와대에서 당시 민정수석이던 문재인 대통령으로부터 보고를 받는 모습 (2003. 3. 7)

그것이 견딜 수 없었습니다. 아무리 대통령에 당선되었다고 해도 국민의 지지를 받지 못하는 대통령은 진정한 대통령이 아니라는 생각을 한 것입니다. 그는 그런 생각을 반대하는 사람들에게 이렇게 말했습니다.

> "대통령과 열린우리당은 정권을 내놓고 한나라당은 지역주의라는 기득권을 포기해야 합니다. 지역 구도 타파는 정권을 내놓고라도 반드시 성취해야 할 가치가 있는 일입니다. (2005년 7월 28일, 지역 구도 등 정치 구조 개혁을 위한 제안)"

그러나 그것은 그를 지지하는 사람들도, 그를 지지하지 않는 사람들도 그를 등지게 하는 원인이 되었습니다. 그를 반대하는 신문은 물론이고 많은 누리꾼도 공공연히 다음과 같은 말을 하고 다녔습니다.

"노무현 대통령 남은 임기 3년 6개월이 일제 36년보다도 지루하다."

"노무현 대통령 임기 18개월이 박정희 대통령 18년보다도 10배는 더 고통스럽다."

그는 괴로웠습니다. 그가 대통령이 되어서 꼭 해 보고자 했던 가장 중요한 일들이 벽에 부닥친 것입니다. 그는 결코 대통령 자리에 연연할 사람이 아니었습니다. 그는 열린우리당 당원에게 보낸 '지역 구도 등 정치 구조 개혁을 위한 제안'이란 서신을 7월 28일 발표하기에 앞서 '임기도 단축할 수 있다'는 취지의 표현을 넣는 문제를 참모진에 검토할 것을 지시했습니다. 그러나 정치적 파장을 우려한 참모들의 만류로 검토에 그치고 말았습니다.

그가 얼마나 지역 구도 타파에 열중했는지 알 수 있는 대목입니다. 그러나 결국 2003년 10월, 대통령 측근 비리 등의 문제들이 계속해서 발생하자, 그는 청와대에서 열린 기자 회견에서 국민에게 재신임을 묻겠다고 선언하였습니다. 물론 그 선언마저도 많은 사람의 의심을 사 성사되지는 못했지요. 그것이 그의 진정인 것을 그때는 몰랐으니까요.

여당인 민주당마저 그에게 힘을 실어 주지 못하고 갈등만 불러왔습니다. 결국, 11월에는 민주당 내 소장파가 당 개혁 및 정치 개혁 완수를 요구하며 열린우리당을 창당하고, 그도 함께 당적을 옮깁니다. 하지만 끝내 그는 국회의 탄핵을 받게 됩니다.

당시 그가 탄핵을 받게 된 이유를 아래 인용합니다.

| 노무현 대통령 탄핵 소추안 사유 요약문 |

노무현 대통령은 헌법과 법률을 수호해야 할 국가 원수로서의 본분을 망각하고 민주 헌정의 근간인 법치주의를 정면으로 부정하는 초헌법적이고 초법적인 독재자적 태도를 보이고 있습니다. 국회는 이러한 법치주의 부정 사태를 방치할 수 없습니다. 또한 노무현 대통령은 본인의 극심한 권력형 부정부패로 인해 국정을 정상적으로 수행할 수 없는 국가적 위기 상황을 초래하였고 노무현 대통령의 불성실한 직책 수행과 경솔한 국정 운영으로 인한 정치 불안 때문에 국정이 파탄지경에 이르러 국민을 극도의 불행에 빠뜨리고 있습니다. 이로써 노무현 대통령은 더 이상 나라를 운영할 자격과 능력이 없음이 극명해졌으므로 헌법을 수호하고 국민의 행복과 나라의 장래를 위해 탄핵 소추안을 발의하게 된 것이며, 그 구체적인 세 가지 사유는 다음과 같습니다.

첫째, 노무현 대통령은 줄곧 헌법과 법률을 위반하여 국법 질서를 문란케 하고 있습니다.

둘째, 노무현 대통령은 자신의 권력형 부정부패로 인해 국정을 정상적으로 수행할 수 있는 최소한의 도덕적·법적 정당성을 상실하였습니다. 노 대통령은 노골적으로 불법 자금을 모금하고 수수하였으며 일부의 돈은 개인적으로 유용한 자입니다. 이와 같은 범죄 행각에서 분명해지듯이 국가 권력을 행사할 수 있는 최소한의 도덕 의식과 준법 정신도 결여하고 있습니다.

셋째, 우리 경제가 낮은 성장률에 머물러 있는 점에서 드러나듯이 노무현 대통령은 국민 경제와 국정을 파탄시켜 민생을 도탄에 빠뜨림으로써 국민에게 IMF 위기 때보다 더 극심한 고통과 불행을 안겨주고 있습니다.

따라서 노무현 대통령은 지금 국민의 '행복 추구권'과 '국가에 의한 기본권 보장의 의무'를 규정한 헌법 제10조를 위배하고 헌법 제69조에 명시된 '대통령으로서의 직책의 성실한 수행'의무를 방기한 것입니다.

지금 우리나라는 대통령이 초헌법적 초법적 태도로 법치주의를 부정하며 헌정 파괴의 위기에 처해 있습니다. 헌법 제65조에

노무현 대통령의 탄핵을 반대하던 국민들

의해 탄핵 소추의 신성한 권한을 위임받은 국회는 대통령의 자의적 권력 행사로부터 헌법과 법치주의를 지켜내야 할 책무를 지고 있습니다. 국회가 이 책무를 외면한다면 직무 유기를 범하는 것이 될 것입니다. 이에 국회의원은 헌법과 국법 질서를 수호하려는 초당적 의지를 모아 대통령의 위법 위헌 행위를 차단하고 침해된 법치주의를 회복하여 대한민국의 미래와 국민의 행복을 보장하며 특히 17대 총선을 정상적으로 치르려는 최후의 방도로써 국민의 뜻을 받들어 대통령 노무현에 대한 탄핵 소추를 발의하오니, 국회법 제130조 제1항과 제2항에 의거, 본건을 본회의에서 우선 의결하여 주시기 바랍니다.

2004년 3월 12일.

국회에서는 한나라당과 이제는 야당이 된 민주당의 공조로 노무현 대통령에 대한 탄핵 소추안이 가결되었습니다. 당시 국회에서는 탄핵을 막으려는 열린우리당 의원 47인과 탄핵을 추진하려는 의원들로 팽팽하게 맞섰습니다. 그러나 한나라당 소속인 국회의장의 질서 유지권 발동으로 국회 경위들에 끌려나가는 열린우리당 의원들의 모습이 전파를 타고 생생하게 전국에 방송되었습니다. 결국, 탄핵 소추안이 이날 국회를 통과함으로써 국회 안에서는 탄핵파가 승리했습니다.

그러나 국회 밖 상황은 정반대로 흘러갔습니다. 국민들은 국회가 권력을 남용했다며 반기를 들며 모이기 시작했고, 곧 전국적인 대규모 촛불 집회로 이어졌습니다. 한 달 뒤 총선에서는 탄핵의 주역들은 참패했고, 152석이라는 역사상 유례없는 의석이 여당에 돌아가는 결과를 낳았습니다. 5월 14일 헌법재판소 역시 탄핵 무효 판결을 내렸습니다.

그가 남긴 성공적 유산들

그는 국가보안법 폐지, 사립학교법·언론관계법·과거사진상규명법 실시, 부동산 가격안정을 위한 부동산세 신설, 미국으로부터 한반도 전시작전통제권 환수 등의 개혁 정치를 시도하였습니다. 그러나 숨 가쁜 개혁정책은 보수세력의 강력한 반대에 부딪혔습니다. 또한, 잇따른 부동산 정책에도 불구하고 집값이 치솟자 서민들마저 등을 돌려 지지율은 더 떨어졌습니다. 결국,

남북정상회담을 위해 평양에 방문한 모습 (2007. 10. 2)

여권인 열린우리당은 재·보선 패배에 이어 2006년 지방선거에서도 한나라당에 참패하였지요. 2007년 이후 열린우리당은 민심을 이유로 노무현에게 등을 돌린 국회의원들이 연이어 탈당하고 2007년 8월 대통합민주신당과 합당함으로써 사실상 와해되고 말았습니다.

그러나 2007년 10월 2일 노무현은 남북 분단 이후 국가원수로는 처음으로 걸어서 남북 군사분계선을 넘어 북한을 방문하여 김정일 국방위원장과 남북정상회담을 가졌습니다. 10월 2~4일에 걸쳐 진행된 이 회담은 김대중 전(前) 대통령에 이어 2번째로 이루어진 것으로, 제1차 남북회담의 성과물인 6·15공동선언의 정신을 재확인하고 남북관계 발전과 한반도 평화, 민족공동의 번영과 통일을 실현하는 데 따른 제반 문제들을 협의하기 위한 것이었습니다. 남북이 공동발표한 10·4남북정상공동선언문에는 남북정상회담 정례화, 이산가족 상봉 확대, 서해 공동어로수역 추진, 해주경제특구 설정 등 남북경협 확대, 백두산관광 실시를 위한 백두산-서울 직항로 개설 등을 내용으로 하는 성과를 담았습니다.

한 · 미 FTA

노무현 대통령은 한·미 FTA를 추진하면 정치적으로 고립될 것이라는 점을 잘 알고 있었습니다. 그러나 엄청난 반발을 각오하고, 한·미 FTA를 추진했습니다. 국가의 이익을 위해서였습니다.

"특히 FTA 문제는 나를 지지했던 많은 사람들이 예측하지 못했던 주제입니다. FTA는 좀 예상 밖이거든요. 그러기 때문에 그분들이 반대하는 것을 제가 오히려 이해하고 설득해야죠. 왜냐하면 의외의 선택은 내가 한 것이기 때문에 그분들 나무랄 수도 없습니다." (노무현 대통령 MBC 〈100분 토론〉 녹취록)

노무현 대통령을 지지하던 학계·노동계·영화계·농민 270개 단체는 '한·미 FTA 저지 범국민운동본부'를 발족했습니다. 불과 얼마 전만 해도 노 대통령의 든든한 후원자들이었던 이들이 순식간에 돌아선 것이지요. 이런 문제에 부동산 문제까지 겹치며 노무현 대통령의 지지율은 떨어졌습니다. 그렇지만 대한민국의 경제체질을 개선하고 수출에 활기를 불어넣어 경제를 살려보자는 노무현 대통령의 의지는 막을 수 없었습니다. 그리고 이제는 우리 모두 국가 간의 자유무역협정은 막을 수 없는 것이며, 국가 경제의 미래를 위해 추진해야 한다는 것을 압니다. 그는 국익에 관계된 일에 당파를 따지지 않았고, 무엇보다 미국과는 한미 동맹이라는 특수한 관계를 늘 염두에 두고 있었습니다.

국가보안법 사실상 폐기

김대중 정부 출범 이후 1년간 국보법 관련 구속자 413명 가운데 92.3%인 381명이 7조 위반으로 구속되었습니다. 국가보안법 제7조는 소위 찬양고무죄 조항입니다. 고무, 찬양, 동조, 선전, 선동과 이적표현물에 대한 제작, 수입, 복사, 소지, 운반, 반포, 판매, 취득, 심지어 이러한 행위에 대한 미수와 예비 또는 음모까지 몽땅 처벌하는 조항입니다. 열거한 것들 중 어느 것 하나 명확한 경계 규정이 없습니다.

노무현 대통령은 2004년 9월 5일 밤 MBC TV '시사매거진 2580' 500회 기념으로 가진 '대통령에게 듣는다' 프로그램에 출연해 "국가를 보위하기 위해서 필요한 조항이 있으면 형법 몇 조항 고쳐서라도 형법으로 하고 국가보안법을 없애야 대한 민국이 드디어 야만의 국가에서 문명국가로 간다고 말할 수 있는 것"이라며 국가보안법 폐지 입장을 밝혔습니다. 그는 국가보안법은 "칼집에 넣어 박물관으로 보내는 것이 좋을 것"이라고 말했습니다. 일부 보수 언론은 '야만의 국가' 등 현재의 시각으로 과거를 철저히 부인하는 것은 대통령으로서 바람직한 자세가 아니라는 비판을 제기하였습니다.

2004년 9월 20일 당시 한나라당 대표였던 박근혜는 정부참칭 조항(국가보안법 제2조)은 얼마든지 논의할 수 있으며, 국가보안법의 명칭도 바꿀 수 있다고 말했습니다. 그 이전에 고무 찬양죄와 불고지죄는 전향적으로 수정하되, 정부 참칭죄는 그대로 유지한다고 규정한 데서 한 걸음 나아간 것이었습니다. 대통령을 꿈꾸고 있었던 그는 자신의 마음과는 전혀 다른 발언을 한 것이지요. 물론 이에 대한 반발이 박정희로 상징되는 그 후예들 입에서 바로 나왔습니다. 그들은 국보법의 정부 참칭 조항과 법

안 명칭은 체제 수호의 상징성이 크기 때문에 절대 양보할 수 없다며 박근혜를 비판했고, 박근혜도 자신의 발언에 오해가 있다고 주장했습니다.

당시 국가보안법을 둘러싼 전쟁은 여야뿐만 아니라 여권 내부에서도 강경파와 온건파가 충돌했습니다. 12월 31일 열린우리당 의장 이부영은 의식 과잉된 양당 강경파들 때문에 타협에 이르지 못했다며 비판했습니다. 그는 이들은 50~60년대와 70~80년대 의식에서 벗어나지 못한 채 과거의 풍경에만 정신이 팔려있다며 지금 보안법은 머릿속에만 있을 뿐이지 실체가 없지 않느냐고 말했습니다.

결국 국가보안법은 철폐는커녕 개정조차 하지 못한 채 오늘날까지도 '국익'의 정의를 둘러싸고 벌어지는 치열한 투쟁의 진원지가 되고 있습니다. 하지만 국가보안법의 존재가 유명무실한 것은 분명합니다. 노무현의 말은 2020년 오늘까지 유효합니다.

개성공단

　개성공단조성은 남측의 자본과 기술, 북측의 토지와 인력이 결합하여 남북교류협력의 새로운 장을 마련한 역사적인 사업입니다. 2000년 6·15공동선언 이후 남북교류협력의 하나로 2000년 8월 9일 남쪽의 현대 아산과 북쪽의 아태, 민경련간 '개성공업지구건설운영에 관한 합의서'를 체결하여 공단 조성에 단초가 되었습니다. 그 이후 북측이 2002년 11월 27일 개성공업지구법을 공포함으로써 구체화되었지요.

　2002년 11월 북측이 개성공업지구법을 제정 공포한 이후 12월 남측의 한국토지공사, 현대아산과 북측의 아태. 민경련간 개발업자지정합의서를 체결하였습니다. 2003년 6월 개성공단 착공식을 가졌고, 2004년 6월 시범단지 2만 8천 평 부지조성을 완료했지요. 이후 2007년 6월에 1단계 2차 분양업체를 선정하였고, 2007년 10월에는 1단계 기반시설 준공이 있었습니다.

　노무현 대통령은 2007년 10월 김정일 당시 국방위원장과 남북정상회담을 마치고 돌아오면서 개성공단을 들렀습니다. 4일 개성공단에서 노무현 대통령은 다음과 같이 말했습니다.

"진작부터 꼭 한 번 와 보고 싶었습니다. 우리 참여정부 와서 첫 삽을 떴기 때문에 궁금하고, 또 1단계의 2차, 곧 이제 다음다음, 이렇게 여러 가지 결정을 해야 되기 때문에 현장을 꼭 보고 싶었는데, 대통령이 함부로 국경을 넘어서 들락날락할 수도 없고요, 그래서 못 왔습니다. 남북이 협력을 잘 하는 데가 한 군데 있는데 그게 6자회담의 장입니다. 6자회담을 하러 가면 실제로는 북측하고 공조를 굉장히 많이 합니다. 그래서 하나다, 이런 것을 실천하고 있는 장이 6자회담입니다. 그런데 이제 여기 와 보니까 정말 여기가 우리가 말로만 하는 '남북이 하나다'라는 것이 그대로 실천되고 있는 곳이구나, 이렇게 실감이 납니다. 처음 시작할 때는 여러 가지 우려도 많았고 정말 괜찮은 건가, 정말 될 건가, 이렇게 걱정을 많이 했는데, 여러분들이 잘해 주셔서 잘 가고 있는 것으로 우리는 평가하고 있습니다. 나는 앞으로 이곳에서 일하고 있는 북측 노동자 사이에서도 크고 작은 많은 사장들이 나올 것이라고 생각합니다. 그렇게 됐을 때 이제 진정한 의미에서 우리가 함께 성공하는 그런 좋은 선례가 되지 않겠습니까?"

그는 개성공단이 한반도 전체에 확산되면 전쟁 걱정이 없다고

아침 산책 도중, 자전거를 타는 노무현 대통령 (2003. 4. 18)

어린아이처럼 좋아했습니다. 물론 당시 보수적인 언론이나 논객들은 철없다고 비판했습니다. 폄훼했습니다. 그러나 남북 협력의 상징으로 개발된 개성공단이, 남한의 기업들과 북한의 노동력으로 연간 1000억 원 넘게 매출을 올리던 개성공단이 지금은 어떻게 되었나요? 북한을 상대로 그 어려운, 절대로 불가능한 일을 성사시킨 김대중, 노무현, 그들이 한없이 그립습니다.

다시, 노무현

그는 2008년 2월 25일 퇴임과 동시에 고향인 봉하마을로 돌아갔습니다. 퇴임 후 고향으로 간 소박한 전직 대통령을 보기 위한 관광객들로 봉하마을은 문전성시를 이뤘습니다. 하지만 퇴임 후에도 그와 우리 시대와의 평화는 오래가지 못했습니다.

그의 오랜 후원자였던 사람들에 대한 검찰 수사가 시작되면서, 그의 유일한 무기였던 도덕성에 금이 가기 시작했습니다. 그 액수는 비교할 수 없을 만큼 적은 돈이었지만, 노태우·전두환 대통령에 이어 역대 대통령으로는 세 번째 비리 혐의로 검찰에 소환되는 불명예도 안았습니다.

그는 오래도록 생각했습니다. 그러는 중에도 그의 형님과 가족들은 줄줄이 검찰에 나가서 조사를 받아야만 했습니다. 죄의 가벼움과 무거움에 관계없이 그는 번민했습니다. 그는 더 이상 봉하마을을 찾아온 사람들을 맞이할 수가 없었습니다. 손녀딸과 단란하게 지내던 일상도 멈추었습니다. 힘들게 이룬 고향 사람들과의 공동체에도 참가할 수가 없었습니다. 그는 국민들에게 다음과 같은 메시지를 남길 수밖에 없었습니다.

"더 이상 노무현은 여러분이 추구하는 가치의 상징이 될 수 없습니다. 자격을 상실한 것입니다. 저는 이미 헤어날 수 없는 수렁에 빠져 있습니다. 여러분은 이 수렁에 함께 빠져서는 안 됩니다. 여러분은 저를 버리셔야 합니다. (『노무현 전집 5』, 돌베개)"

그가 검찰 출두에 앞서 스스로 내린 정치적 사망 선고였습니다. 그리고 그로부터 한 달여 뒤, 어린 시절의 추억과 꿈이 서려있는 봉화산 자락에 올라 그 스스로 세상을 버렸습니다. 그가 부조리한 세상, 정직하지 못했던 시대와 벌인 '마지막 승부'였습니다. 노무현은 그렇게 허망하게 가 버렸습니다. 그러나 그는 분명 우리에게 이렇게 이야기하고 갔을 겁니다. 그는 봉화산의 부엉이 바위 위에 서서 자신의 마지막을 이렇게 장식하였을 겁니다.

"축복받은 시대이어라. 여러분과 내가 함께 했던 시절이여. 나의 행적을 기록할 세대여! 나는 미래의 세대들이 반드시 본받아야 할 영웅으로 남게 되리라. 미래의 현인이여, 그대에게 간청하노니 나의 모든 동지들이, 그리고 앞으로 동지가 될 어린 여러분들이 이 험난한 길에 항상 함께하였음을 부디 잊지 말아 주시오."

그는 또 사랑의 열병을 앓는 사람처럼 이렇게 외쳤을 겁니다.

"오, 사랑하는 나의 국민 여러분! 그대들은 나의 영원한 군주이며, 나는 그대들의 노예입니다. 그대들은 나의 사랑을 시험하여 이제 나를 멀리 추방하고 그대들의 아름다움을 바라보는 것조차 허락하지 않으셨습니다. 부디 그것을 참아 내야 했던 나의 고통을 잊지 말아 주십시오. 오직 바라는 것은 그대들의 영광입니다. 못난 이 노키호테는 여러분의 그 영광을 위해 하늘에서, 하늘에서 여러분을 응원할 것입니다. 모두가 더불어 잘 사는 그런 평화로운 나라가 되기를!"

참으로 어처구니가 없는 공상입니다. 그러나 그는 원래 그렇게 어리석은 공상가였습니다. 그는 해가 벌써 중천에 떠 있는 것도 알아차리지 못한 채 허공을 향해 백 마디 이상을 크게 내뱉었습니다. 태양은 하늘 한가운데서 그의 머리를 무섭게 내리쬐고 있었습니다. 만약 그에게 조금이라도 뇌가 남아 있었다면 녹아내리지 않을까 걱정해야 할 정도였습니다.

그런데 그 뜨거운 태양 아래 정말 우리의 노키호테가 녹아내렸습니다. 그의 사랑하는 말 로시난테와 그의 종자 산초도 없는 그 뜨거운 태양 아래에서 홀로 그는 무참히 녹아내렸습니다. 처음부터 이 땅에서는 실현되지 않을 허망한 꿈을 꾸며 멋지게 작위까지 받은 그가 끝내 험준한 현실의 바위 위에서 추락한 것입니다.

지금 어리석은 사람들은 그의 공과를 논하며 눈물짓고 있습니다. 그러나 우리 시대의 멋진 돈키호테였던 그는 역시 그렇게 돈키호테답게 가 버린 것입니다. 한때 그의 산초임을 자부하던 사람들, 한때 그의 로시난테임을 자부하던 사람들, 한때 그의 둘시네아였던 국민들은 지금에야 울고 있습니다.

그의 추락은 우리 모두의 추락임을 알지 못했던 것입니다. 행여라도 그의 죽음을 자신의 것으로 바꾸지 말아야 합니다. 행여, 그를 세상의 영웅으로 만들지 말아야 합니다. 그는 그리 훌륭하지도 못했으며, 그리 현명하지도 못했습니다. 그렇지만 우리는 어리석은 그와 함께 하는 행복을 누렸습니다. 그뿐입니다. 이 슬픈 나라에 어디 노키호테만 한 바보가 있었습니까? 그의 죽음을 슬퍼하는 모든 사람들의 가슴 속에 그 꿈을 심어 놓았기에, 그리고 그 꿈을 그가 실현하지 못했기에 국민들은 울고 있었던 것입니다.

그는 퇴임 후 자신이 뛰어놀던 고향으로 간 최초의 전직 대통령이었습니다. 바람 잘 날 없었던 우리의 역사에 대통령들은 거의 다 불행했습니다. 어떤 이는 총을 맞아 죽었고, 어떤 이는 독재를 일삼다가 이 나라에서 쫓겨나 머나먼 외국에서 죽기도 하였습니다. 어디 그뿐입니까? 어떤 이들은 선량한 많은 국민들을 죽인 죄로 법정에 서기도 하였습니다. 또 줄줄이 친인척의 부정부패로 얼룩진 사람들이기도 했습니다. 부끄러운 일이었지요.

그러나 우리 노무현의 꿈은 그렇게 소박했습니다. 그는 고향에서 조용히 '사람 사는 농촌'을 만드는 데 여생을 보내기로 하였습니다. 그러나 그것은 그에게 결코 허용될 수 없는 것이었습니다. 그도 대통령에서 물러나자 온갖 구설에 휘말렸습니다. 그것이 그를 괴롭혔습니다. 도저히 용납할 수가 없었습니다. 전직 대통령으로서 최소한의 명예와 가족 그리고 도덕적 가치를 지키고 싶었습니다.

> 내 인생의 실패는 노무현의 것일 뿐…
> 진보의 실패는 더더욱 아니다.
> 내 인생의 좌절도 노무현의 것이어야 마땅하다.
> 그것이 민주주의의 좌절이 되어서는 안 된다.
> 정의와 진보를 추구하는 분들은 노무현을 버려야 한다.
> 나의 실패가 모두의 실패가 되어서는 안 되기 때문이다.
>
> (『운명이다』, 돌배개)

그는 스스로 하늘로 돌아가면서까지 자신의 임무를 놓지 않았습니다. 그의 죽음이 애달픈 이유가 거기에 있습니다.

4

노무현과
달랐던 사람들,
그리고
미국

이명박

이제 그와 다른 길을 걸어갔던 정치인들을 살펴보려 합니다.

2002년 7월, 당시 이명박 서울 시장은 거스 히딩크 전 국가 대표 축구팀 감독에게 명예 시민증을 주는 자리에서 자기 아들과 기념사진을 촬영하도록 했습니다. 서울 시청 주변에는 히딩크 감독을 보기 위해 아침부터 2,000명이 넘는 시민들이 서 있었지만, 자신의 권력을 이용해 아들에게만 특혜를 준 것입니다. 이것으로 여론의 뭇매를 맞았지만, 거짓 해명으로 또 다시 물의를 빚고 있었습니다. 그런 이명박 씨를 7월 9일 김대중 대통령은 국무 회의에 처음으로 참석시키고 따뜻한 환대를 했습니다.

김대중 대통령은 이명박 시장을 국무 위원들에게 이렇게 소개했습니다.

"이 시장은 경제계에서 많은 업적을 쌓았으며, 정계에 입문해 국회의원을 지낸 뒤 이번에 서울시장에 당선돼 취임했다. 앞으로 국무 회의에 참석해 좋은 의견을 많이 내주고 정부와 서울시의 협력을 위해 노력해 달라."

이에 이명박 시장은 다음과 같이 화답했습니다.

"존경하는 대통령님께 감사드린다. 국무 회의에 처음으로 참석해 인사를 드리게 돼 영광이다. 월드컵 대회가 상상을 초월하는 큰 성공을 거둔 것에 대해 대통령께 축하드린다."

김대중 대통령은 한 나라의 대통령이기 전에, 정파를 떠나 다음 세대의 주역이 되어야 할 이명박 씨에게 아름다운 우의를 보여 주었습니다. 그는 정치인이기에 앞서 이 나라 어른이었기에 같은 정치를 하는 이명박 씨에게 진한 동지애를 보여 준 것이었습니다. 사실 그에게는 언제나 적과 동지가 없었습니다. 자신의 정치적 이익을 넘어 남북 모두의 정치인들에게 남다른 애정이 있었습니다.

어쨌든 우리 수도 서울의 시장이라면 거의 부통령에 가까운 지위에 있는 사람입니다. 그가 히딩크라는 외국인 앞에 그의 아들, 그의 사위를 세워 놓고 벌인 소극은 정말 비극이지 않을 수 없었습니다. 반바지를 입은 아들과 사위 옆에서 입을 헤 벌리고 있는 그의 모습은 실소를 넘어 측은하기까지 하였지요.

그러나 사실 그 모든 책임은 당시의 한나라당에 있었습니다. 서울시장에 당선된 지 며칠이 되지 않아 벌어지고 있는 일들은 정권이 바뀐다고 해도 달라지지 않을 우리 현실을 그대로 반영

하고 있었지요. 함량 미달 정치꾼을 서울 시장으로 공천하고 결국 노무현 대통령을 죽음까지 몰고 간 사실은 두고두고 안타까운 일이 아닐 수 없습니다. 결과적으로 불행한 일이었지만 한편으로는 노무현이라는 밀알이 썩어 오늘날의 어엿한 민주 사회를 이룬 근간이 된 것이지요. 당연한 일입니다. 자리에 맞지 않는 사람이 내리는 명령 따위에는 무게가 실릴 수는 없는 법입니다.

정몽준

당시(제16대 대통령 선거) 그는 대통령이 되기 위해 동분서주하고 있었습니다. 현대가의 재벌 2세, 게다가 축구협회장, 그에 더해 국회의원. 그러나 그는 그것으로도 양이 차지 않았던 모양이었습니다. 개인적인 욕망을 위해, 더구나 정치인인 그가 선택했던 길에 대해 왈가왈부할 생각은 조금도 없습니다. 그러나 그는 분명하게 이야기할 수 있어야 했습니다. 그는 자신이 정치인이냐, 아니면 스포츠맨이냐, 아니면 기업인이냐를 먼저 밝혀야 했습니다.

현대는 전문가 시대입니다. 그가 당시 추진하고 있던 '4자 연대'란 것도 아무런 의미를 찾을 수 없는 비빔밥 연대였을 뿐더러, 그의 정체성 또한 점점 비빔밥이 되어 가고 있었습니다. 햇볕이 있는 곳이면 어디든 달려가는 정치 철새들을 데리고 어떻게 정치 개혁을 이야기할 수 있는지를 대답해야 했습니다.

군이 정확한 설명이 뒤따르지 않더라도 자유 민주 연합(자민련)의 김종필이나 이한동을 비롯해 그에게 머리를 조아리고 들어온 다수의 민주당 의원들은 두말할 것도 없이 이 나라 정치에서는 그렇게 필요한 사람들이 아니었습니다. 그들은 대선 때마다 자신의 입지를 저울질하며 이합집산을 계속해 온 사람들이었습니다.

문제의 심각성은 한때 김대중 대통령을 선생님으로 모시며 입에 거품을 물던 젊은 정치인들까지도 그에게로 몰리고 있었다는 점이었습니다. 한마디로 갈 곳이 없다는 이야기였습니다. 뒤집어 말하면 김대중이라는 걸출한 정치인을 배출했던 민주당이건만 이미 집권 능력이 조금도 남아 있지 않았다는 걸 증명하는 것이었습니다.

제15대 대통령 선거 당시 민주당은 김종필이라는 충청 맹주의 도움이 없었다면, 이인제라는 정치인이 없었다면 집권은 꿈도 꾸지 못할 정당이었습니다. 어쨌든 그들은 가까스로 김대중이라는 대통령다운 대통령 한 사람을 만들었고, 그 대통령은 필생의 원으로 5년 동안 남북의 긴장 완화에 전력을 다했습니다. 그러나 속칭 보수로 무장한 언론 즉, 신문과 방송은 그의 진정성을 왜곡하며 온갖 폭로와 사찰로 국민을 갈가리 찢어놓았습니다. 결국에는 대통령의 아들들을 감옥에 보내는 것으로 정권의 마지막을 장식했습니다.

그들이 염원한 것은 단 하나, 이회창이라는 사람을 대통령 자리에 올려 보겠다는 게 목표였습니다. 그런 이회창에 반기를 든 또 다른 정치인, 그가 바로 정몽준 의원이었습니다. 우선은 신선했습니다. 비록 야당 총재이지만 거의 무소불위 권력을 휘두르는 이회창에게 도전했으니까요.

그러나 정몽준 의원이 대통령에 출마하겠다고 나서서 하는 일이란 게, 수십 년간 이 눈치 저 눈치 살피며 이 나라를 망쳐 온 철새 정치인들을 데리고 정당을 만든다는 것이었습니다. 참으로 기막힌 일이 아닐 수 없었습니다. 바로 며칠 전 "배신과 변절로 점철된 정치인들과는 손을 잡지 않는다."라고 하였던 그가,

며칠 뒤 슬그머니 국민의 선택이란 말을 앞세워 그들을 영입하는 일에 나섰던 것입니다.

예전, 입만 열면 국민을 들먹이던 뭇 정치인들의 재판을 보는 것 같아 쓸쓸하기 짝이 없었습니다. 당시 우리는 자기가 한 말을 손바닥 뒤집듯 했던 박정희를 비롯한 군부 정권을 상대하는 것만으로도 벅찼습니다. 그들이 군부를 등에 업고 대통령이 되어서 한 일이 무엇인지는 새삼 거론할 필요조차 느끼지 않습니다. 그로 하여 지역감정이란 패악이 우리의 정치 환경을 수십 년, 아니 그 얼마나 후퇴시켰는지 모릅니다.

그런데 정몽준 의원이 한 행동은 그들과 어떤 차이가 있었을까요? 다른 국회의원과 다르게 월드컵을 유치한 뛰어난 정치인, 더구나 진보·보수 어느 쪽에도 치우치지 않는다던 그가 내린 마지막 결단은 두고두고 아쉬울 수밖에 없습니다. 김대중과 김영삼이 함께하지 못했던 단일화처럼 너무나 아쉬운 대목이 아닐 수 없습니다.

그러나 현실적으로 그가 돈 많음을 아는 정치꾼들은 너나 할 것 없이 정몽준 의원에게 러브 콜을 보냈습니다. 그들은 설령 정 의원이 대통령이 되지 못한다고 해도 전혀 손해 볼 게 없었으니까요. 재벌 2세의 떡고물을 예상했던 것입니다. 금력과 권력이 합쳐진 정치는 절대적으로 부패합니다. 백 보를 양보하더라도 정 의원은 먼저 당당하게 자신의 정체성을 밝히고 국민의 선택과 판단을 구했어야 했습니다. 왜 자신을 선택해야 하는지를 적극적으로 국민에게 납득시켜야만 했습니다.

차치하고, 정몽준이 노무현을 버린 그 순간 노무현은 다시 살아났습니다. 노무현은 다른 정치인들이 좇고 있는 권력과 금력과는 반대로 살았기 때문이었습니다.

이인제

민주당 이인제 후보가 경선을 중도에서 포기했습니다. 경선에서 승산이 없다고 판단했기 때문이지요. 그는 16개 시, 도 가운데 13개 지역 경선이 끝난 상황에서 1,512표 차로 노무현 후보에 뒤지고 있었습니다. 하지만 선거인단 중 절반이 몰려 있는 수도권과 부산에서 이변이 연출되리라는 것에 한 가닥 기대를 걸고 있었습니다. 그러나 노무현 후보의 바람에 부산은 물론이고, 자신이 지사를 지냈던 경기도에서마저 고전이 예상되자 중도에 후보를 사퇴한 것입니다. 그는 이미 한 달 전 김중권 후보가 사퇴했을 때 경선 포기를 심각히 검토했다가 '경선 계속 참여'쪽으로 가닥을 잡았었습니다.

그 후 그는 줄곧 노무현 후보에게 밀리는 싸움을 치러야만 했습니다. 그러다 최후로 선택한 전략이란 것이 케케묵은 이념 논쟁이었습니다. 노 후보를 극좌파로 몰더니 급기야는 노 후보의 장인까지 입에 올렸습니다. 그러나 그 치졸함은 선거인단은 물론이고, 그의 참모들까지 그에게서 등을 돌리는 결과를 초래했습니다. 그러자 아예 경선이라는 판을 깬 것입니다.

그는 후보 사퇴를 하면서 패배를 인정하는 말은 단 한마디도 하지 않았습니다. 느닷없이 중도 개혁의 승리를 위하여 노력하겠다고 했습니다. 사람들은 그가 중간에 들고나온 중도 개혁이란 말이 무슨 뜻인지 알지도 못했습니다. 도대체 그가 무슨 의도로 중도 개혁이란 단어를 입에 올리는지도 모를 일이었습니다. 사실 그는 개혁주의자도, 보수주의자도 아니었습니다. 그냥 그는 표가 많은 쪽이면 무슨 주의든 무슨 이념이든 상관없는 행보를 보여 온 사람이었습니다.

박정희 전 대통령을 잇는다고 하다가, 결국 박정희의 정적이 었던 김대중 대통령 정권에 기식했습니다. 오직 대통령이 되어 보겠다는 헛된 야망 하나 때문이었습니다. 그의 퇴장은 여러모 로 우리 정치권에 시사하는 바가 컸습니다. 약속을 손바닥 뒤집 듯이 어기는 정치꾼은 처절하게 응징해야 하는 것이 유권자들 의 의무지요.

그동안 모든 정치인이 그랬듯 그도 아침에 했던 말과 저녁에 하는 말이 다 달랐습니다. 당시 민주당 경선에서도 그는 제도나 규범보다 자신의 정치적 이해득실만을 위해 무차별적인 선거 전략을 구사했습니다. 자신이 승리하지 못하는 경선은 그에게 는 아무런 의미가 없는 것이었지요.

김영삼 대통령이 길러낸 깜짝 놀랄 만한 정치인에서 시작된 그의 대선 행보는 다행히도 이쯤에서 막을 내리게 되었습니다. 다만 우리 정치사에서 그나마 획기적인 실험일 수 있었던 당내 국민 경선이 그로 하여 유종의 미를 거두지 못한 것이 아쉬울 따름입니다. 그의 아름답지 못한 퇴장에서 보듯 약속을 지키지 않는 정치인, 제도와 상식에 기초하지 않고 술수와 정략에만 능 한 정치인은 언젠가는 그에 상응하는 대가를 반드시 치르게 됩니다. 그래서 그의 퇴장은 의미가 깊습니다.

정치는 결코 어른들만의 게임이 아닙니다. 식언을 밥 먹듯이 하는 정치인들을 보면서 가장 걱정스러운 것이 우리의 아이들입니다. 아직도 정치는 우리 뉴스의 가장 윗자리를 차지하고 있습니다. 그만큼 자라나는 아이들에게 적지 않은 영향을 주고 있는 것이지요.

목적을 위해 수단과 방법을 가리지 않는 정치인들은 이제 우리 손으로 솎아내야 하겠지요. 다시는 앞서 열거한 정치인들을 따르는 미래의 정치인이 없었으면 하고 바랄 뿐입니다.

아, 미국!

기실 앞의 정치인들이 신앙처럼 믿었던 나라가 있었지요. 북한의 위정자들이 중국을 믿듯 우리 정치인 대부분이 철석같이 믿는 단 하나의 나라, 바로 미국입니다.

그렇다면 미국은 정말 우리에게 그렇게 중요한 나라일까요? 물론 분단이라는 멍에를 지고 있는 우리 처지에서는 세계 최강

대국 미국을 떨쳐 버릴 수 있는 어떠한 수단도 갖고 있지를 못합니다. 비극이지요.

대통령인 트럼프가 세계를 향해 무역 전쟁을 하자며 두 주먹을 흔들고 있는 사이 자국 내에서는 부끄럽게도 무차별적인 테러가 일어나고 있습니다. 인류 민주주의의 최후 보루라고 자신하고 있는 미국이 이제는 전 세계를 황폐화시키는 고삐 풀린 망아지가 되고 있습니다. 그들이 전파하고 있는 모든 것들이 이제 재앙으로 되돌아오고 있는 것입니다.

코카콜라와 패스트푸드는 나라별로, 혹은 민족별로 있는 전 세계 고유 음식의 전통을 깡그리 뭉갰고, 팝송 또한 마찬가지 이유로 개별적인 민족 대중음악을 잠식해 버렸습니다. 어디 그뿐입니까? 할리우드식 영화는 오직 선정적인 물량 공세로 다른 나라 영화들을 압살해 버렸습니다. 그들의 패악은 여기서 그치지 않았습니다. 오로지 이스라엘 편향으로 치달은 잘못된 애정은 결국 중동 민족과의 전쟁으로 전 세계 평화를 위협하고 있습니다.

그런데 이제 그 나라에서는 아이들까지도 가리지 않는 무자비한 테러가 자행됩니다. 잦은 테러로 외출은 고사하고 학교나

직장에 갈 엄두를 내지 못하는 사람들이 적지 않습니다.

그런데 이 같은 테러가 혹여 다른 나라에까지 전염되지 않을까 하는 불안이 우리로 하여금 잠 못 들게 합니다. 문화적 전통이라야 겨우 200년도 채 되지 않는 미성숙 신생 국가인 미국. 사실 지금의 혼란은 그 미국이라는 나라가 오로지 물질로써 온 세계를 지배하는 과정에서 나타난 병리 현상이라고 할 수 있습니다. 우리가 바다 건너 미국의 상황을 걱정하는 것은, 몸집은 큰데 머리가 작은 기형아 미국의 선택에 따라 우리의 삶이 변할 수 있기 때문입니다.

다른 나라에는 끊임없이 민주주의 전도사역을 자임하면서도 정작 자신들은 조금도 변하지 않으려는 미국을 바라보면서 우리가 느끼는 것은 서글픔입니다. 비애입니다. 우리가 설정할 수 있는 미국과의 거리, 그 거리는 정말로 가깝지도 않고 멀지도 않기만을 바랄 뿐입니다. 철없는 아이는 가까이하면 어른의 수염을 당기고, 멀리하면 원망하니까요.

5

———

노무현과
함께했던
사람들

하로동선(夏爐冬扇)

1996년 15대 총선에 서울 종로에서 출마한 노무현은 또 떨어졌습니다. 14대 총선에 부산 동구에서 출마해 떨어지고, 1995년 부산시장 선거에서 떨어진 후 연거푸 3연패였지요. 총선에서 떨어진 이듬해 노무현은 낙선한 동료들과 서울 역삼동에서 고깃집을 열었습니다. 간판만 단 것이 아니라 앞치마 두르고 직접 서빙도 했습니다. 그때 함께 했던 사람은 김원기, 김원웅, 박계동, 박석무, 원혜영, 유인태, 이철, 제정구 등이었습니다. 이들은 2명씩 당번을 정해 돌아가면서 손님을 맞았습니다. 그런데 재밌는 것은 이 고깃집의 간판이었습니다.

하로동선(夏爐冬扇)

풀이하면 '여름 화로, 겨울 부채. 더운 여름에 화로가 웬 말이요, 추운 겨울에 부채는 또 뭔가?'라는 뜻입니다. 이 말은 철이 지나 쓸모가 없는 물건이나 아무 소용이 없는 말이나 재주를 비유하는 일컫는 말입니다. 당시 우리의 노무현은 왜 이런 간판을 달았을까요? 모르긴 해도 이 간판에 꿈을 담아서 이렇게 정했지 싶습니다. 화로는 여름에는 필요 없지만 가을 지나 겨울 오면 꼭 필요한 물건입니다. 부채 역시 겨울, 봄 지나 여름 오면 또 쓸모가 있지요. 비록 당장은 낙선한 몸이지만 언젠가 당선의 그 날을 기다리는 마음에서 이런 간판을 달지 않았을까요?

김원기

"내 오야붕은 김대중이 아니고 김원기다. 그가 똑똑해서가 아니라 내가 만난 정치인 중 가장 믿을 수 있는 분이라 김원기 계보를 하기로 했다."

노무현은 자기가 김원기의 계보라고 할 만큼 그를 존경했습니다. 노무현과 김원기의 첫 만남은 1988년 13대 국회에서였습니다. 노무현은 통일민주당 초선의원이었고 김원기 대표는 평민당 원내총무였습니다.

노무현 김원기 두 사람의 인연이 깊어진 것은 1991년 9월부터 시작됩니다. 6월 실시된 광역의회 선거에서 참패한 김대중이 꼬마민주당에 6대 4로 파격적인 지분통합을 제안하면서 단일야당인 민주당 합당이 성사됐습니다. 이때부터 김원기 의원은 통합된 민주당의 사무총장, 노무현 의원은 대변인으로 호흡을 맞췄습니다. 그리고 두 사람은 이듬해의 14대 국회의원 선거를 앞두고 공천심사위원으로 함께 활동했습니다. 김원기는 김대중계, 노무현은 이기택계 공심위원이었으나 계파를 떠나 당선 가능성 위주로 공천심사를 하면서 서로에 대한 신뢰를 쌓아나갔습니다. 김대중이 정계를 은퇴한 뒤 실시된 1993년 3월 전당 대회에서 두 사람은 나란히 최고위원에 선출됐습니다. 김원기는 수석최고위원, 노무현은 5순위 최고위원이었습니다.

1995년 지방선거에서 야당이 압승을 하자 김대중은 국민회의 분당을 통해 정계복귀를 선언했습니다. 하지만 김원기 최고위원은 14대 총선 당시 김대중을 선택하면 부산에서 떨어질 줄 알면서도 야권 통합을 위해 민주당에 합류한 노무현, 김정길이 있는 민주당을 이유 없이 버릴 순 없었습니다. 호남에서도 중진의원 한 명 정도는 원칙을 지켜야 한다는 생각이었습니다. 그는 호남 맹주 김대중에 맞서 홀로서기를 시도했습니다. 노무현과 같이 이 나라에서는 다시 지역색을 바탕으로 정치를 해야 하는 상황을 종언하고 싶었습니다.

예상대로 15대 총선에서는 이들을 포함, 민주당에 잔류한 개혁정치인들은 대부분 낙선하고 말았습니다. 그러나 1997년 11월 15대 대선 한 달 전 "정권교체의 가치가 더 중요하다."라며 국민회의에 복귀할 때까지 통추를 이끈 김원기 상임대표는 노 대통령에게 영원한 '대표님'이 되었습니다. 그를 이끈 김영삼, 김대중 두 대통령이 있었지만 서거할 때까지 그의 정치적 스승은 훗날 국회의장이 된 김원기 의원이었습니다. 노무현 대통령 후보의 정치고문에 위촉된 김원기 의원은 대선 기간에도 정몽준 후보와의 후보단일화 협상을 주도하는 등 큰일을 하며, 노무현에게 든든한 버팀목이 되어 주었습니다.

김대중

긴 이야기를 할 것도 없이 노무현이 지금에 있게 한 결정적 장본인이지요. 훗날 후임자로서 궂은일, 좋은 일도 많았고, 서로

노무현 대통령 취임식이 끝난 후
손을잡고단상을내려오는
노무현과 김대중(2003. 2. 25)

노무현 전 대통령 영결식에 참석한 김대중 전 대통령 (2009. 5. 29)

사이가 나빴던 적도 없진 않았습니다. 그러나 우리나라는 앞 정권을 밟지 않으면 버티기 힘든 구조입니다. 대북송금 사건으로 서운하기도 하였지만 그럼에도, 사적으로는 인간 노무현을 가장 아꼈으며, 노무현이 서거하자 크게 충격을 받아 엄청나게 통곡을 했고, 노무현의 죽음을 두고 "내 몸의 반쪽이 무너진 느낌이었다."고 말했을 정도였습니다. 결국 그 충격으로 인해 건강이 눈에 띄게 나빠져서 결국 노무현이 사망한 지 3개월여 만에 본인도 사망하고 말았습니다. 같은 끈으로 이어진 사제처럼 말입니다.

겨울을 버티고 피어난다는 인동초. 민주화 투쟁에서의 수많은 시련, 대선에서의 수많은 고배를 겪으면서도 기어이 대권을 쟁취한 그에게 붙여진 가장 대표적인 별명이었습니다. 김대중, 노무현의 연설을 모두 담당했던 강원국의 말에 따르면, 김대중은 생각의 과녁이 너무 멀어 맞추기가 어려웠고, 노무현은 과녁은 가까우나 막 움직여서 맞추기가 어려웠다고 합니다. 비슷한 비유로 유시민은 김대중은 높은 산이라 우러러보기에는 좋으나 오르기에는 힘들고, 노무현은 낮은 언덕이라 함께 오르기에 좋다는 말을 한 적이 있습니다. 이 두 표현은 참으로 김대중과

노무현의 미세한 차이를 극명하게 보여준 촌철살인의 대표적
말귀입니다.

6

그가
남긴
가치들

인간 노무현

노무현이 추구했던 가장 큰 가치는 한 마디로 '우리 국민이 하나 되어 다 같이 잘 살자'는 것이었습니다. 지역과 계층 간 갈등을 없애고 하나 되는 국민, 가난하고 소외된 사람들에 대한 배려, 특권을 없애고 모두가 법 앞에 평등한 사회, 이러한 것들이 바로 그가 평생을 통해 주창하고 몸을 던져 헌신해 온 가치들입니다.

이런 가치들은 우리 사회가 지키고 창조해야 하는 가장 고귀한 것들입니다. 물론 이런 가치를 이루는 방법에 대해서는 당연히 다른 의견들이 있을 수 있습니다. 하지만 그 가치 자체에 대해 다른 의견을 제기할 사람은 아무도 없을 것입니다. 노무현이 목숨 바친 의미를 제대로 살리기 위해서는 우리 모두가 이런 가치들의 소중함을 다시 한번 깨닫고 다짐해야 할 것입니다.

물론 삶에는 이런 가치들만 있는 것이 아닙니다. 발전을 더욱 쉽게 가져오기 위한 가치들, 예를 들어 자유라든지, 능률이라든지, 효율성이라든지 하는 다양한 가치들이 공존하고 있는 것이 사실입니다. 사람에 따라서는 이런 가치들을 훨씬 더 우선순위에 놓을 수 있습니다. 그러나 이런 가치들을 중요시한다고 해서 다른 가치들을 절대로 무시해서는 안 됩니다.

여기서 우리는, 우리를 억압하는 권위와 특권을 없애는 것에 대한 가치를 꼭 기억해야 할 것입니다. 우리 모두 법 앞에 평등해야 하며, 기회 앞에 평등해야 합니다. 누구도 사람 위에 군림해서는 안 된다는 것입니다. 못 배운 사람이나, 가난한 사람이 살기 좋은 나라가 되어야 합니다. 그들을 보호해 주어야 한다는 뜻입니다.

인간 노무현. 그는 평생을 통해 자신이 설정한 그 가치를 온몸을 던져 일관되게 추구한 사람이었습니다. 우리가 잘사는 길은 지역 갈등 해소, 지방 균형 발전, 가난하고 힘없는 자들이 편히 살 수 있도록 하는 것, 권위주의 탈피 등을 실현하는 것에 있음을 직시한 사람입니다. 그는 모든 세속적인 권위와 특권에 대항해 싸움을 벌였고, 진실로 가난한 서민들을 위해 고민하고 분투했습니다.

또 그는 역대 대통령 중 권력 남용을 가장 실질적으로 자제했던 사람이었습니다. 권력의 핵심인 검찰권으로부터 자신을 멀리하였고, 검찰 권력을 축소하고 정상화하려고 노력하였습니다. 그는 40대 여성을 법무장관에 임명하였으며, 엄청난 정치적 손해를 무릅쓰면서까지 평검사와의 직접 대화를 시도하였습니다. 대통령 권력의 근원이라고 일컬어지는 국정원 주례 보고를 폐지한, 아마도 최초이자 유일의 대통령이었을 겁니다.

그에게는 사실, 실질적으로 우리나라의 제왕적 대통령제에서 나오는 권위주의를 가장 많이 희석한 공이 있습니다. 대통령도 국민의 신하임을 잊지 않은 것입니다. 이런 신념이 있었기에 많은 결함이 있었음에도 수많은 국민이 그에게서 신선함을 느꼈고 그가 추구했던 가치에 공감했던 것입니다.

그는 또 용감했고 배짱이 있었습니다. 옳다는 생각이 들면 물불을 가리지 않았습니다. 손해 볼 때는 손해를 보는 사람이었습니다. 그는 자신이 내세운 가치를 위해서 자신의 이익을 따지지 않았습니다. 온몸을 던졌습니다. 작은 일 하나에도 이해관계를 따지는 여타 대다수 정치인과는 분명 차별성이 있었습니다.

변호사라는 직업은 군이 어려운 모험을 하지 않아도 타 직업군과 비교해 소득이 높은 직업이었습니다. 있는 그대로 이야기하자면, 먹고 살기 위해 그가 아등바등하지 않아도 되었다는 뜻입니다. 그러나 그는 노동자들을 위해 감옥에 가는 걸 마다하지 않았고, 지역감정을 깨뜨리기 위해 당선이 보장된 지역구를 버리고 부산에서 출마해 3번이나 낙선하였습니다. 그런 용기를 국민들은 귀하게 여긴 것입니다.

그뿐만이 아닙니다. 그는 모든 가난하고 힘없는 자들에 귀감이 될 일생을 살았습니다. 가난에 좌절하지 않고, 고졸 출신이 독학으로 사법 고시에 합격했고, 결국 대통령 자리에까지 올랐습니다. 그의 삶은 분명 링컨이나 오바마 같은 미국 대통령에 버금가는 성공 사례입니다. 그는 우리나라뿐만 아니라 세상의 모든 이들이 자유와 평화의 공동체를 함께 만들어 가는 세상을 열고 싶었던 것입니다. 그렇기에 세상의 가난과 좌절에 지친 모든 힘없는 사람들이 그의 삶에 깊은 존경과 사랑을 느끼는 것은 당연한 일이겠지요.

그의 이러한 점은 2006년 몽골을 방문했을 때 확연하게 드러났습니다. 그동안 우리가 몰랐던 그의 기본 품격과 인성이 그대로 표현된 것입니다. 지금 읽어도 그의 진정성이 고스란히 담긴 이 연설에 저절로 고개가 숙어집니다.

그는 몽골의 울란바토르 대학교 소강당에서 몽골의 한국학 전공 대학생들을 면담하고 그들을 격려했습니다. 그는 그날,

'이제 평화와 공존이 세계 질서가 되고, 국경을 뛰어넘는 화해 공존의 공동체, 그러면서 가치가 꽃피는 세계가 될 것이며 그중에서도 한국과 몽골이 더 빨리 가까워질 것'이라고 밝혔습니다. 오늘날의 세계는 자유, 평등 원리가 보편적으로 존중되는 가치이며, 공동체가 결국 인간을 마지막으로 포용하는 다리가 될 것이라는 믿음에서 나온 말이었습니다. 다음은 그가 몽골 젊은이들에게 한 연설 전문입니다.

"여러분들의 박수가 아주 따뜻하게 느껴져 기분 좋습니다. 비행기 타고 고비 사막을 내려다보며 그 옛날 누가 무슨 마음으로 이 사막을 넘었을까 하고 생각했습니다. 겁이 나서 중간에 길을 잃으면 죽을 수도 있는 끝없는 사막을 누가 '왜 넘었을까'라고 아무리 생각해도 이해가 안 갔습니다.

인류 조상은 아프리카에서 나왔다는 얘기가 있습니다. 한국 사람은 서아시아, 중앙아시아에서 동으로 동으로 한국까지 왔다고 합니다. 그래서 한국 고대 문명에 고대 스키타이 문화가 남아 있다고 합니다. 샤머니즘도 그렇습니다.

사막을 보며, 1년에 1km씩 동진하면, 1만 년이 걸려 한국 쪽으로 넘어올 수 있겠다는 생각이 들었습니다. 10년에 1km씩 가면 10만 년 걸릴 것이고. 고대 출토물을 보면, 100만 년, 100년에 1km씩 동진했다고 볼 수도 있습니다. 그래서 일단 갈 수 있는 데까지만 가고, 바라만 본 부분은 신화로, 미지의 세계로 남겨 두었을 것입니다.

그런 다음 그 거리를 걸어 본 아버지가 아들에게 전하고, 아들도 미지에 대해 꿈을 가지고 가 봐야지, 가 봐야지 하며 한 세대씩 가서 베링해도 건넜을 것입니다. 그중 어떤 사람은 비단길로 빠져 중국으로 가고, 어떤 사람은 거기서 한국으로 온 것입니다. 어쩌면 유럽으로 가다 주저앉아서 한국에 이르렀을지도 모릅니다. 오는 동안 말도 달라지고 그래서 우리는 지금 이렇게 달라졌습니다. 그런데 지금 여러분이 한국어를 배우고 있습니다.

조금 전 경제인들과 만나면서, 우리 한국 사람들이 땅이 비좁아서, 땅을 보면 환장한다고 했습니다. 그래서 고비 사막을 내다보며, 그 땅을 보며 아까웠습니다. 저 땅을 샀으면 싶었습니다. 그랬더니 한·몽 경제 협력 위원장인 한 기업인이 몽골에 풍차 발전기, 태양열 발전기를 돌려 전기를 일으켜 고비 사막에서 물을 뽑아 그 사막에 나무를 심겠다고 했습니다.

이번에 농림부 장관도 왔는데, 왜 왔냐고 했더니, 가축 질병에 대해 논의해야 하고, 더 중요하게는 나무 심으러 왔다고 했습니다. 그 이전에도 여러 나라에서 몽골에 나무를 심었는데, 다른 나라 사람이 심은 건 비실비실하고 우리가 심은 건 튼튼하다고 합니다. 땅 보고 탐났다고 했는데, 불순한 생각입니다. 대통령 마치면, 한국에서 몽골에 땅 1인당 1헥타르씩 빌려 나무 심기를 해야겠습니다. 그러면 한국 사람이 나무 심어 푸른 숲 만들면 인류가 이뤄낸 위대한 유산이 될 것입니다. 당장 돈은 안 돼도 젊은이에게 아버지, 할아버지가 심은 나무 보러 와라 하면 좋은 관광 상품도 될 것입니다. 앞으로도 계속 몽골과 한국은 함께해야 합니다. 황사 때문에 못 살겠거든요. 세계 각국 다녀 보니, 문화 수준과 숲 수준이 비례합니다. 이제 내 나이 예순입니다. 이제 은퇴할 때인데, 이제 나무계, 숲 계를 할까 합니다. 한국 사람은 원래 계 좋아합니다.

어제는 게르(몽골 전통식 주거 형태)를 방문했습니다. 몹시 근사해서 나도 자그마한 것을 하나 사야겠습니다. 엥야바흐르 대통령이 선물로 준다 했는데, 그러면 국가 소유가 되기 때문에 천생 돈 주고 사야겠습니다.

나이와 무관하게 꿈은 꿀 수 있습니다. 역사는 항상 반복됩니다.

어떤 역사는 앞으로 가고, 어떤 역사는 뒤로 갑니다. 그중에서도 대립, 갈등의 역사는 계속 반복됩니다. 그런데 평등과 자유가 모든 이에게 확대된 것이 역사의 진보라고 봅니다. 즉, 걸어 다니던 사람이 자동차를 타게 되고, 자동차를 타는 사람들이 비행기를 타게 되고. 물론 이런 것만이 진보는 아닙니다. 평균 수명이 길어지는 것도 진보입니다. 하지만 이것이 본질은 아닙니다. 지배와 억압이 있다면 이 관계도 없어져야 진정한 진보의 역사입니다.

시간이 지나면서 국가 공동체가 확장되어 왔습니다. 지금은 자유, 평등 원리가 보편적으로 존중되는 가치입니다. 공동체가 결국 인간을 마지막으로 포용하는 다리가 될 것입니다.

진보의 수준이 같은 민족, 국가 안에서도 부당한 일에 대해서는 수용하지 않고 용납하지 않는 수준이 되었습니다. 앞으로 강대국이 타국을 일시 정복할 수는 있겠지만 과거처럼 장시간 지배하는 것은 불가능할 것입니다. 과거에는 복종의 문화에 익숙해서 수용했던 것입니다.

앞으로는 힘들 것입니다. 결국, 우여곡절을 거치기는 하겠지만 평화와 공존이 세계 질서가 될 것입니다. 국경을 뛰어넘는 화해 공존의 공동체, 그러면서 가치가 꽃피는 세계가 될 것입니다. 그중에서도 한·몽골이 더 빨리 가까워질 것입니다. 몽골에서는 합동 경호원을 쓰고 있는데, 누가 누군지 모르겠습니다. 지금 학생들도 마찬가지고.

100년쯤 뒤엔 누가 누군지 모를 수도 있습니다. 물론 색깔이 다른 사람도 빠르게 섞여 가고 있습니다. 멀리 내다보고 가치 공동체, 자유와 평화의 공동체를 함께 만들어 갑시다."

명문 중의 명문입니다. 세상 어느 대통령이 다른 나라에 가서 그들 젊은이 앞에서 이렇게 따뜻한 우애의 표시를 할 수 있을까요? 그는 이렇게 단순한 사람이었습니다. 꾸밀 줄 몰랐습니다. 우리 일반인이면 누구나 생각할 수 있는 보편적 가치를 소중히 여긴 사람이었습니다. 한국에서뿐만 아니라 이렇게 먼 나라 몽골에 가서도 그의 공동체 의식은 변하지 않았던 것입니다. 그 연설을 듣고 입가에 미소를 지을 수밖에 없었을 몽골의 젊은이들, 그는 그들의 마음을 읽고 있었던 것입니다.

그러나 그 무엇보다도 그의 성공 비결은 솔직하고 소탈한 서민적 성품이었습니다. 무엇보다 퇴임 후에 그 살기 좋다는 서울을 멀리하고 고향으로 돌아간 모습은 그의 생각이 어디에 있는 가가 분명해집니다. 그동안 전직 대통령들은 조금이라도 더 영향력을 행사하기 위해 서울을 지켰는데, 그가 스스로 퇴임 후 낙향했다는 사실은 모든 지방 사람들에게 감동을 줄 수 있는 일이었습니다.

40여 가구 120여 명 정도가 거주하고 있는 봉하마을. 이곳에서 나고 자란 한 남자가 대한민국에서 가장 높은 대통령이 되면서 언론의 주목과 대중의 발길이 끊이지 않았습니다. 그의 귀향 후 치르고 있는 요란함에 불평할 만도 하건만, 무사히 큰일을 마치고 돌아온 그를 따뜻한 고향의 품으로 안아 주었습니다. 대통령의 귀향 후 두 달여 동안 봉하마을을 찾은 방문자 수는 23만 명. 전국 각지에서 방문객들이 줄을 이었습니다.

대통령의 마을이라고 기대를 품고 왔던 사람들은 볼 것이라고는 대통령뿐인 이 마을에 실망하기도 하였습니다. 운 좋게 대통령이 따라 주는 막걸리를 마시고 돌아가는 사람이 있는가 하면, 간발의 차이로 얼굴도 보지 못하고 발길을 돌려야 했던 사람도 있었습니다. 그래서 그는 바빴습니다. 모든 사람들과 이야기를 나누고 싶었기 때문입니다. 많은 국민은 TV가 보여 주는 그의 사적 면모들, 소탈하고 꾸밈없는 그의 모습을 보면서 신선함을 느꼈습니다. 그에게는 꾸밈이 없었던 것입니다.

그는 아마도 재임 중 역사상 가장 인기가 없는 대통령이었을 것입니다. 그는 전임 대통령들처럼 자신의 공을 만들기 위해 노력하지 않았습니다. 대통령이 된 후 그 이상의 참담한 정치적 실패를 경험한 정치인은 세계 정치사에서도 유례를 찾기 힘들 것입니다.

우선 그는 재임 중 거의 대부분의 중간 및 보궐 선거에서 참패했습니다. 야당이 주도했던 탄핵 파동 후 치러진 2004년 총선을 제외하고는 말입니다. 그는 개혁의 가장 강력한 선봉장이었지만 사실 정치적으로 개혁 세력의 비참한 몰락을 가져온 장본인이기도 했습니다. 창당 동지였을 뿐 아니라 그와 가장 가까운 정치적 동지였고, 그 정부에서 장관을 지냈던 사람들까지 모두 정권 막바지에는 그에게서 등을 돌렸던 것입니다.

젊은 동지 소수를 제외하고는 대부분이 '탈 노무현'을 정치 생명 연장의 구명대로 생각하고 뛰어다녔습니다. 급기야 정권 재창출에도 실패했습니다. 단순히 실패한 정도가 아니라, 그가 상징하는 '개혁'에 진절머리를 낸 국민이 야당 대통령 후보에게 역사상 최다 표차인 500만 표를 몰아주는 진기록을 세운, 그런 참담한 실패였습니다.

그렇지만 그 실패는 전임 대통령들과는 질적으로 다른 실패였습니다. 노무현 이전의 대통령들은 모두 자신의 퇴임 후를 위해 동분서주하다가 끝내 비참한 결과를 낳고 말았습니다. 이유와 까닭은 다르지만 모두 자신들의 눈앞 영달을 위해 먼 훗날을 보지 못한 결과였지요.

초대 이승만 대통령(재임 기간 1948. 7~1960. 4)은 미국에서 독립운동을 하다가 해방이 되자 귀국했습니다. 이 전 대통령은 북한의 공산 정권에 맞서 자유 민주주의 체제를 수호하고 자본주의 경제 질서라는 씨를 뿌렸다는 공이 있지만, 1960년 4·19혁명으로 독재자란 비난을 들으며 권좌에서 쫓겨났습니다. 곧바로 미국 하와이로 망명했으나, 5년 뒤인 1965년 7월 19일 90세로 사망했습니다. 그의 유해는 사망 3일만인 7월 23일 미 공군수송기에 실려 돌아왔습니다.

윤보선 전 대통령(재임 기간 1960. 8~1962. 3)은 명목상 국가 원수를 지냈습니다. 4·19혁명으로 탄생한 제2공화국이 내각제였기 때문에 실권은 장면 총리에게 있었습니다. 1961년 5·16군사정변으로 물러난 뒤, 1963년 제5대 대통령 선거와 1967년 제6대 대통령 선거에서 박정희 후보와 잇달아 맞붙었지만 모두 패했습니다. 윤 전 대통령은 박정희 정권 시절 반유신 운동과 관련해 3차례에 걸쳐 사법 처리 대상이 됨으로써 최초로 법정에 선 대통령이란 기록을 남겼습니다. 1990년 93세로 사망했습니다.

박정희 전 대통령(재임 기간 1963. 12~1979. 10)은 대한민국 역사에서 보릿고개를 없애고 근대화와 경제 성장 달성이란 업적을 남겼지만, 독재자란 비난을 받습니다. 18년 장기 집권 끝에 1979년 10월 26일 측근 김재규 중앙정보부장의 총에 쓰러졌습니다. 박 전 대통령의 부인인 육영수 여사도 1974년 8월 15일 재일 교포 문세광이 쏜 총탄에 맞아 사망했습니다. 참으로 불행한 대통령이었지요. 그가 자신의 정권 연장을 위해 술수를 부리지 않고 국민과 한 약속을 제대로 지켰더라면, 얼마나 행복한 대통령이 되었을까요. 사람들이 두고두고 안타까이 여기는 점입니다. 그는 정권을 연장하기 위해 온갖 수단과 방법을 가리지 않았습니다. 마음대로 계엄령을 내리고, 자신을 반대하는 사람들을 감옥에 가뒀으며, 있지도 않은 간첩 사건을 꾸미기까지 하였습니다. 그가 부리던 하수인들에게 갖은 고문과 학대를 받은 사람들은 아직도 그 후유증에 시달리며 하루하루를 살아가고 있습니다. 가증스러운 군사 독재의 씨앗을 처음 뿌린 사람이 바로 박 전 대통령입니다. 이뿐만이 아니라 김대중 후보와의 선거에 이기기 위해 전라도와 경상도를 가르는 어이없는 지역색을 부추긴 것 또한 그가 이 땅에 남긴 어두운 그림자입니다.

최규하 전 대통령(재임 기간 1979. 12~1980. 8)은 국무총리 재직 중 1979년 10월 26일 박정희 전 대통령이 사망하면서 대통령 권한 대행이 되었고, 그해 12월 6일 통일 주체 국민 회의에서 대통령으로 선출됐습니다. 그러나 전두환, 노태우가 중심이 된 군사 반란 세력이 12·12사태를 일으켜 권력을 장악하는 과정이나, 1980년 5월, 광주에서 일어난 5·18민주화 운동의 비극이 빚어지는 과정에서 통치권을 제대로 행사하지 못했습니다. 결국, 1980년 8월 16일 군사 반란 세력의 압력으로 대통령직에서 하야, 역대 최단기 대통령이라는 기록을 남겼습니다. 최 전 대통령은 1989년 국회에서 있었던 광주 특위 청문회에서 군사 반란 세력 등장과 관련한 증언을 거부해 국회 모독죄로 기소되었고, 1996년 '12·12 및 5·18사건'항소심 공판에 강제 구인되기도 했지만 아무런 증언도 하지 않았습니다. 2006년 10월, 87세를 일기로 사망했습니다.

군사 반란 세력의 주역인 전두환 전 대통령(재임 기간 1980. 9~1988. 2)과 노태우 전 대통령(재임 기간 1988. 2~1993. 2)은 육사 11기 동기생으로, 1979년 12·12사태와 1980년 5월 5·18민주화 운동 무력 진압 등을 주도하며 권력을 잡아 차례로 대통령에 올랐습니다. 그러나 집권 과정에 저지른 '원죄'와 부정 축재로 퇴임 후 나란히 구속되었습니다. 김영삼 대통령의 문민정부 시절 전두환 전 대통령은 사형, 노태우 전 대통령은 무기 징역을 선고받고 2년쯤 복역하다가 사면됐습니다. 전두환 전 대통령은 노태우 전 대통령 시절에도 두 차례에 걸쳐 백담사에 유배되기도 했습니다. 노태우 전 대통령은 2002년 전립선암 수술을 받은 뒤 건강이 악화되어, 현재 장기 입원 중입니다.

　군사 정권에 맞서 민주화 시대를 연 '양 김'인 김영삼 전 대통령(재임 기간 1993. 2~1998. 2)과 김대중 전 대통령(재임 기간 1998. 2~2003. 2)은 재임 말기 나란히 자신의 아들들이 구속되는 수난을 겪었습니다. 한때 우리나라 민주화의 화신이었던 두 대통령은 아들들로 인해 대국민 사과를 해야 하는 굴욕을 감수해야만 했습니다.

7

유서와
편지들

봉하마을 사저 앞을 찾아온 관광객들에게 밝은 표정으로 손을 들어 인사를 하는 모습

퇴임 후 첫 생일이자 62번째 생일을 맞은 노무현 대통령 (2008.9.1)

노무현 대통령 유서

너무 많은 사람들에게 신세를 졌다.

나로 말미암아 여러 사람이 받은 고통이 너무 크다.

앞으로 받을 고통도 헤아릴 수도 없다.

여생도 남에게 짐이 될 일밖에 없다.

건강이 좋지 않아서 아무것도 할 수가 없다.

책을 읽을 수도 글을 쓸 수도 없다.

너무 슬퍼하지 마라.

삶과 죽음이 모두 자연의 한 조각 아니겠는가?

미안해하지 마라.

누구도 원망하지 마라.

운명이다.

화장해라.

그리고 집 가까운 곳에 아주 작은 비석 하나만 남겨라.

오래된 생각이다. (2009년 5월 23일)

봉화마을에서 띄우는 노무현의 편지

저는 요즈음 하루에도 몇 번씩, 대문 앞에 나가 손님들에게 인사합니다. 힘들지만 반갑고 즐겁습니다.

그런데 참 안타깝습니다. 손님들은 봉하마을에 와서 저의 생가 보고, 우리 집 보고, 그리고 "나오세요." 소리치고, 어떤 때는 저를 한 번 보기도 하고, 어떤 때는 보지 못하고 돌아가십니다.

참 신기하다는 생각이 듭니다. 아무리 생각해 보아도 참 재미없겠다 싶은데, 그래도 손님은 계속 오십니다. 미안한 생각이 들 때가 많습니다. 그래서 좀 더 재미를 느낄 만한 우리 마을의 명물을 소개하려고 합니다.

봉하마을의 명물은 봉화산입니다. 봉화산에 올라가 보지 않고는 봉하마을 방문은 헛일입니다. 봉화산은 참 아름답고 신기한 산입니다. 해발 150m밖에 안 되는 낮은 산이지만, 산꼭대기에 올라가 보면 사방이 확 트입니다.

멀리는 겹겹이 크고 작은 산이 둘러 있고, 그 안으로 넓은 들이 펼쳐져 있습니다. 들 가운데로 굽이쳐 흐르는 낙동강을 볼 때마다 저는 손을 뻗어 잡아 보고 싶은 충동을 느낍니다. 발아래에는 손바닥만 한 작은 들이 있고, 그 들을 둘러싸고 옛날 아내와 함께 소설 이야기를 하며 걸어 다니던 둑길이 장난감 기찻길처럼 내려다 보입니다. 당장에라도 내려가서 걸어 보고 싶습니다.

동쪽으로 조금 멀리는 동양에서 제일 큰 습지라고 하는 화포천이 보입니다. 여기저기 상처를 많이 입기는 했지만, 그래도 생태계의 신비함이 남아 있습니다. 지금은 누런 갈대만 보이지만, 봄이 되면 온갖 풀꽃이 파랗게 싹을 내고 색색의 꽃을 피웁니다. 그중에서도 흐드러지게 핀 창포는 가슴을 들뜨게 만듭니다.

옛날에는 철새들이 하늘을 새까맣게 가릴 만큼 내려앉았던 곳입니다. 지금은 그 모습을 볼 수 없어서 아쉽기는 하지만, 엊그제엔 기러기 몇 마리가 줄지어 날아가는 반가운 모습을 볼 수 있었습니다. 얼마 지나지 않아 옛날의 그 오리, 기러기들을 다시 불러들이려고 합니다.

봉화산은 산이 높지 않고 능선이 부드러워서 산책처럼 등산할 수 있는 산입니다. 산이 크지는 않지만 제법 깊은 골짜기가 여러 갈래로 갈라져 있고, 산 능선에는 여러 군데 제법 너른 마당이 있어서 지루하지 않고 아기자기한 재미가 있습니다.

둑길을 걸어서 화포천까지 갔다가 들판을 한 바퀴 돌아오면 한 시간, 마애불을 거쳐서 봉화대까지 올라갔다가 내려오면 한 시간, 자은골로 걸어서 봉화대-관음보살상을 거쳐 도둑골로 내려오면 두 시간, 계속 걸어가서 재실 앞 낚시터를 거쳐 화포천까지 갔다 오면 두 시간, 화포천을 지나 뱀산을 돌아오면 세 시간, 이렇게 조금씩 욕심을 부리면, 1박 2일을 해도 모자랄 만큼 코스는 풍부합니다.

이 산책길에서 가끔 저를 만나서 이야기도 나누고 사진도 찍고 하면 좀 더 재미가 있겠지요. 단지 대문 앞 관광만 하지 마시고 좀 더 재미있는 봉하마을 방문을 하시기 바랍니다. 한 가지, 봉하마을 오실 때는 마음 놓고 걸을 수 있게 등산화를 신고 오시기 바랍니다.

지금은 밥 먹을 곳도 없고 잠잘 곳도 없어서 불편이 너무 많습니다만, 올해 안으로 밥 먹고 잠잘 곳을 해결해 보려고 합니다. 그리고 내년, 내후년 계속해서 아름다운 숲, 자연 학습 환경, 재미있는 운동거리 등도 마련할 계획입니다.

봉화산은 어릴 적 인근 10리 안에 있는 학교들의 단골 소풍 터였습니다. 앞으로 청소년들에게도 좋은 학습과 놀이터가 되도록 가꿀 생각입니다.

여러분이 봉화산을 많이 오르면 김해시에서 산을 가꾸겠지요. 여러분이 화포천을 많이 찾으면 나라에서 화포천 정화를 서두르겠지요.

오늘은 마을 사람들과 김해시 봉사 단체들과 화포천 주변 청소를 나갑니다.

어제 김해시에서 연락이 왔더군요. 여러분의 방문이 김해시를 움직였을 것이라는 생각이 듭니다.

감사드립니다. 김해시에도 감사드립니다. 저도 열심히 할 것입니다.

다시 글 올리겠습니다. 안녕히 계십시오. (2008년 3월 6일)

어버이날에 띄우는 대통령 노무현의 편지

어버이날에

존경하는 국민 여러분!

오늘은 어버이날입니다.

저에게는 큰절을 두 번 하는 날입니다.

한 번은 저를 낳고 길러 주신 저의 부모님께 감사드리는 절입니다.

또 한 번은 저를 대통령으로 낳고 길러 주시는 국민 여러분께 감사드리는 절입니다.

저는 경남 김해 산골에서 태어났습니다.

판 자 석 자를 쓰시는 아버지와 성산 이씨셨던 어머니의 막내로 태어났습니다.

세속적으로 보면 저도 크게 성공한 사람이지만 돌이켜 보면 부모님이 많은 것을 주셨기 때문에

오늘이 있었던 것이 아닌가 생각합니다.

가난을 물려주셨지만 남을 돕는 따뜻한 마음도 함께 물려주신 아버지셨습니다.

매사에 호랑이 같았던 분이지만 바른길을 가야 한다는 신념도 함께 가르쳐 주신 어머니셨습니다.

'내가 아프면 나보다 더 아픈 사람,

내가 슬프면 나보다 더 슬픈 사람,

내가 기쁘면 나보다 더 기쁜 사람.'

오늘 그 두 분에게 하얀 카네이션을 바칩니다.

국민 여러분!

대통령의 어버이는 국민입니다.

국회 의원의 어버이도 국민입니다.

한 인간을 대통령으로 국회 의원으로 만든 사람은 바로 국민이기

때문입니다.

이런 점에서 정치 개혁은 그리 어려운 일이 아닙니다.

여러분 마음먹기에 달린 일입니다.

'대한민국의 주권은 국민에게 있고 모든 권력은 국민으로부터 나

온다.'라고 명시된 대한민국 헌법 제1조는 이 나라의 정치인이라

면 누구나 군말 없이 따라야 하는 지상 명령입니다.

여러분의 관심 하나에 이 나라 정치인이 바뀌고

여러분의 결심 하나에 이 나라의 정치는 바뀌게 되는 것입니다.

그 관심과 결심 또한 그리 어려운 것이 아닙니다.

어버이의 마음을 가지시면 됩니다.

어버이는 자식을 낳아 놓고 '나 몰라라' 하지 않습니다.

잘하면 칭찬과 격려를 해 주고 잘못하면 회초리를 듭니다.

농부의 마음을 가지시면 됩니다.

농부는 김매기 때가 되면 밭에서 잡초를 뽑아냅니다.

농부의 뜻에 따르지 않고 선량한 곡식에 피해를 주기 때문입니다.

나라와 국민을 위해 일하라는 국민의 뜻은 무시하고

사리사욕과 잘못된 집단 이기주의에 빠지는 일부 정치인.

개혁하라는 국민 대다수의 뜻은 무시하고

개혁의 발목을 잡고 나라의 앞날을 막으려 하는 일부 정치인.

나라야 찢어지든 말든 지역감정으로 득을 보려는 일부 정치인.

전쟁이야 나든 말든 안보를 정략적으로 이용하는 일부 정치인.

이렇게 국민을 바보로 알고 어린애로 아는 일부 정치인들에게

국민 여러분과 제가 할 일이 있습니다.

제가 할 일은 어떤 저항과 어떤 어려움이 있더라도

대통령의 의무인 대한민국 헌법 제1조를 지키는 것입니다.

살아 움직이는 헌법이 되도록 만드는 것입니다.

여러분께서 하실 일은 어버이의 마음을 가지시고

농부의 마음을 가지시는 것입니다.

국민 여러분!

저에게도 어버이의 회초리를 드십시오.

국민 여러분의 회초리는 언제든지 기꺼이 맞겠습니다.

아무리 힘없는 국민이 드는 회초리라도

그것이 국익의 회초리라면 기쁜 마음으로 맞고 온 힘을 다해

잘못을 고치겠습니다.

그러나 아무리 힘 있는 국민이 드는 회초리라도

개인이나 집단의 사적인 이익을 위해 드는 회초리라면

매를 든 그 또한 국민이기에 맞지 않을 방법은 없지만

결코 굴복하지 않겠습니다.

'너 내 편이 안 되면 맞는다'라는 뜻의 회초리라면

아무리 아파도 굴복하지 않겠습니다.

국민 여러분의 큰 뜻을 위배하라는 회초리라면

결코 굴복하지 않겠습니다.

제가 굴복하면 저에게 기대를 걸었던 많은 국민들은

기댈 곳을 잃게 될 것이기 때문입니다.

제가 굴복하면 저에게 희망을 걸었던 많은 국민들은
희망을 잃게 될 것이기 때문입니다.

국민 여러분!

그런데 하나 경계해 주실 것이 있습니다.
바로 집단 이기주의입니다.
저는 대통령이 되기 전, 사회적 약자를 대변하는
인권 변호사로서 살았습니다.
그래서 개인적으로는 힘 있는 국민의 목소리보다
힘없는 국민의 목소리가 더 크게 들리는 체질입니다.
그러나 대통령으로서 국정을 할 때는 그 누구에게
혹은 어느 한쪽으로 기울 수 없습니다.
중심을 잡고 오직 국익에 의해 판단할 수밖에 없습니다.

왜냐하면 대통령이 중심을 잃는 순간,
이 나라는 집단과 집단의 힘겨루기 양상으로 갈 것이기
때문입니다.

정치와 통치는 다릅니다. 비판자와 대통령이라는 자리는 다른 것입니다.

저는 인기에 연연하지 않고 국익이라는 중심을 잡고 흔들림 없이 가겠습니다.

국민 여러분!

저에게는 희망이 있습니다.

어떤 어려움이 있더라도 꼭 이루고 싶은 희망이 있습니다.

그 하나는 이익 집단은 있지만 집단 이기주의가 없는
대한민국입니다.

각자의 이익을 추구하지만
국가와 민족 앞에서는 한 발 물러서는 대한민국.
좀 더 가지고 덜 가진 것의 차이는 있지만 서로 돕는 대한민국.
동(東)에 살고 서(西)에 사는 차이는 있지만
서로 사랑하는 대한민국.
바로 화합으로 도약하는 대한민국입니다.

다른 하나는 세대 차이는 있지만 세대 갈등은 없는

대한민국입니다.

자식은 부모 세대가 민주주의를 유보하며 외쳤던

'잘살아 보세'를 존중하고

부모는 내 아이가 주장하는 '개혁과 사회 정의'를 시대의

메시지로 받아들이는 대한민국.

자식은 부모에게서 경험을 배우고 부모는 자식에게서

새로운 시대의 흐름을 배우는 대한민국.

자식은 밝게 자라게 해 준 부모에게 감사하고

부모는 자식의 밝은 생각에서 새로운 것을 배우는 대한민국.

바로 사랑으로 행복한 대한민국입니다.

국민 여러분!

이 세상을 떠날 때 가장 후회스러운 것은

높은 자리, 많은 돈을 갖지 못한 것이 아니라고 합니다.

부모님을 한 번 더 찾아뵙지 못한 것,

사랑하는 아이를 한 번 더 안아 주지 못한 것,

사랑하는 가족에게 더 잘해 주지 못한 것이 가장 후회스럽답니다.

저도 IMF 후 국가의 위기를 극복하는 데 도움이 되고자 전국의

노동자들을 설득하러 다니느라고

어머님의 임종을 지키지 못했던 일이 아직도 가슴에 남아 있습니다.

저의 이 편지가 부모님의 은혜를 한 번 더 생각하는 계기,

대한민국이라는 가족 공동체를 한 번 더 생각하는 계기가

되었으면 좋겠습니다.

효도 많이 하십시오.

우리 모두의 가슴에

마음으로 빨간 카네이션을 바치며…….

2003년 5월 8일

대한민국 새 대통령 노무현

그의 편지를 읽으면 눈물이 납니다.

그의 진정성을 왜 이제야 알았을까요? 대통령이었으면서도 대통령이 아니었던 사람, 퇴임 후 찾아오는 사람들에 대한 배려, 그것을 오히려 신기해하고 천진난만했던 낭만적인 사람, 우리는 왜 이제야 그의 진면목을 알았을까요?

귀촉도(歸蜀途)

서정주

눈물 아롱아롱

피리 불고 가신 임의 밟으신 길은

진달래 꽃비 오는 서역(西域) 삼만 리.

흰 옷깃 여며 여며 가옵신 임

다시 오진 못하는 파촉(巴蜀) 삼만 리.

신이나 삼아 줄 걸 슬픈 사연의

올올이 아로새긴 육날 메투리.

은장도 푸른 날로 이냥 베어서

부질없는 이 머리털 엮어 드릴 걸.

초롱에 불빛, 지친 밤하늘

굽이굽이 은하수물 목이 젖은 새,

차마 아니 솟는 가락 눈이 감겨서

제 피에 취한 새가 귀촉도 운다.

그대 하늘 끝 호올로 가신 임아. (춘추 10월호, 1943년)

　미국과 일본의 국가 원수를 만나서도 절대로 허리를 굽히지 않던 그가, 북한의 김정일을 만나서도 덤덤히 손만 내밀던 그가 집 앞에서 거수경례하는 전경들에게 깊숙이 고개를 숙여 절을 하던 모습. 손녀딸과 오롯이 자전거를 타던 모습. 봉하마을 사람들과 익살스럽게 풀 썰매까지 타던 모습. 그 모습이 아름다움을 왜 이제야 알았을까요?

　매해 노무현 대통령의 서거일이 옵니다. 그때마다 축제가 되었으면 합니다. 잔칫날이 되었으면 합니다. 초록의 향연이 천지에 펼쳐지는 우리의 5월. 그를 추모하며, 그를 그리며, 그가 남긴 진정한 사람 사랑의 뜻을 함께 새겨 보며 모두가 울고 웃는 축제가 되었으면 합니다.

8

———

그를
보내며

상록수

저 들에 푸르른 솔잎을 보라

돌보는 사람도 하나 없는데

비바람 맞고 눈보라 쳐도

온 누리 끝까지 맘껏 푸르다

서럽고 쓰리던 지난날들도

다시는 다시는 오지 말라고

땀 흘리리라 깨우치리라

거치른 들판에 솔잎 되리라

우리들 가진 것 비록 적어도

손에 손 맞잡고 눈물 흘리니

우리 나갈 길 멀고 험해도

깨치고 나아가 끝내 이기리라 (김민기 작사·작곡)

서울광장 영결식에서 가수 양희은이 노무현을 그리며 부른 노래입니다. 물론 그도 살아생전 이 노래를 불렀습니다. 지금도 인터넷에는 이미 고인이 된 노무현을 그리워하는 추모의 열기가 여전합니다.

인간 노무현에 대한 가장 소박한 글이 하나 있습니다. 그저 평범한 주부가 쓴 채색되지 않은 글이 아직도 우리를 울립니다.

저는 정치고 민주주의고 뭐고 이런 어려운 말은 잘 모르는 사람입니다.

말 잘못하면 잡혀간다는 어른들의 말을 듣고 산 세대입니다.

노무현 정권 시대에는 그저 하고 싶은 말, 하고 싶은 것 다 해도 되는 그런 민주주의가 있었던 것은 기억합니다. 노무현은 새로운 시대의 희망이었기에 그를 선택하였습니다.

그리고 그를 믿었습니다. 어떤 일이 있어도 그는 적어도 개인의 이익을 위해 정치를 하지는 않았습니다. 힘이 없어 그의 생각을 널리 펼치지 못할 때 정말 마음이 아팠습니다.

가난하고 백 없는 사람이 대통령이 되니 힘들구나. 그를 대통령으로 뽑아서는 안 되는 일이었구나. 그를 너무나 힘들고, 힘든 구렁텅이에 빠뜨려 놓았구나 하는 생각이 많았습니다.

죄송했습니다. 그에게 힘이 되어 드리지 못한 미천한 백성이 되어 버린 지금. 그를 절벽에서 산산이 부서지게 만든 것은 우리들이구나.

그에게 말씀드리고 싶습니다. 우리들은 당신을 버릴 수가 없었다는 것을…….

오늘 아침 저도 뒷산에 올라 당신이 되어 보았습니다. 그 새벽에 맑은 정신의 죽음의 길로 오른 당신의 그 마음이 되어 보았습니다.

너무 죄송했습니다.

편히 가시라고 말씀드릴 수가 없습니다. (Young De Saw)

그러했기에 사람들은 노무현 전 대통령의 영정을 앞세운 운구가 시작되자 통곡의 눈물을 흘렸습니다. 그리고 노란 종이 비행기를 하늘로 날려 보냈습니다. 그것으로도 모자란 사람들은 운구차를 뒤따라 차량 행렬의 장관을 보여 주었습니다. 슬픔에 싸인 모든 국민들이 자발적으로 모여 만든 대서사시였습니다.

나는 천 개의 바람

내 무덤 앞에 서지 마세요

그리고 풀도 깎지 마세요

나는 그곳에 없답니다

나는 그곳에 잠들어 있지 않아요

나는 불어 대는 천 개의 바람입니다

나는 흰 눈 위 다이아몬드의 반짝임입니다

나는 익은 곡식 위를 내리쪼이는 태양 빛입니다

나는 당신께서 고요한 아침에 깨어나실 때 내리는 점잖은 가을비
입니다

나는 원을 그리며 나는 새들을 받쳐 주는 날쌘 하늘 자락입니다

나는 무덤 앞에 빛나는 부드러운 별빛입니다

내 무덤 앞에 서지 마세요

그리고 울지 마세요

나는 그곳에 없답니다

나는 죽지 않았답니다

누가 썼을까요?

　예수님이나 부처님의 말씀을 그대로 옮겨 놓은 듯한 이 아름
다운 시를 쓴 건 인디언입니다. 미주에 정착한 유럽인들이 미
개인이라고 마구 사냥한 그 인디언의 시입니다. 흉악한 침입

자, 유럽인들의 총칼 앞에 무참히 죽어간 어느 인디언이 부른 노래입니다. 그런데 과연 누가 미개인이었을까요?

기실 자세히 듣다 보면 이야기하는 사람들 저마다 옳은 식견을 가지고 있습니다. 그런데 사람들은 저마다 자신만이 옳다고 목청을 높입니다. 서로를 믿지 못하기 때문이지요. 우주 사람 만상이 모였다가 지워지는 그 순연한 이치임을 모르기 때문이지요. 겨우 100년도 살지 못하는 존재임을 알지 못하는 까닭이겠지요.

필연 물길은 터야 하는데 그것을 누가 하느냐에 승패가 달린 것이 아닐까요? 그날 시위 군중은 불과 몇십 명밖에 되지 않는데 겹겹 도로를 막고 있는 경찰차를 보았습니다. 아주 흉했지요. 정말 미웠지요. 덕분에 신촌에서 종로까지 오는 택시는 1시간이나 걸렸습니다. 이명박 정부는 그 어리석음을 알지 못합니다. 스스로 미개인이라고 규정한 인디언을 마구잡이로 사냥한 카우보이 흉내를 내고 있었습니다.

그런데 놀랍게도 '나는 천 개의 바람'은 미국 9·11참사 추도 때 낭송돼 온 미국을 울렸습니다. 자신들 조상 손에 죽은 인디언이 부른 노래를, 이제는 가해자의 후손들이 자기들을 위해 부른 것입니다. 전 세계를 향해 자신들이 굉장한 피해자인 것처럼 눈물을 흘리면서 말이지요. 그야말로 악어의 눈물이지요.

어떠한 경우에도 힘을 앞세워 만든 모든 침묵과 평화는 결국 비극적인 종말을 맞이하는 것이 아닐까요? 자신들의 말을 듣지 않는 교사들을 잡아가고, 자신들의 정책을 반대하는 시위를 힘으로 진압하고, 자신들과 다른 종교를 폄훼하고, 과연 그런 집단이 얼마나 오래 갈 수 있을까요? 혹 시간이 지나 그들이 만든 모든 것이 부인될 때 지금의 미국인처럼 슬프게 이 시를 낭송하는 것은 아닐까요? 마치 자신들이 피해자인 것처럼 말입니다. 그것이 두렵습니다.

이는 노무현 전 대통령을 향해 끝없이 이어졌던 봉하마을 추모 행렬에서부터 이미 예견된 것이었습니다. 무엇이 이토록 많은 사람들을 봉하마을로, 그리고 서울광장으로 모여들게 하는 것일까요? 그것은 우리 마음속에 잠자던 민주주의와 사람 사는 세상에 대한 열망을 일깨워 준 것일지도 모릅니다.

우리는 '특권과 반칙' 없는 '사람 사는 세상'을 향해 한 발을 두되, '좋은 삶'이란 무엇인지 삶의 내용물을 튼튼히 채워가는 것에 다른 한 발을 두어야 할 것입니다. 절대 권리인 내 삶의 주권을 회복하고 좋은 삶을 살아가는 과제는 이제 우리에게 남겨져 있습니다.

적어도 노무현이 우리의 대통령일 때는 하고 싶은 말을 자유롭게 할 수 있었습니다. 대통령 코앞에서 기습 시위를 해도 그는 태연히 웃었습니다. 그렇습니다. 그의 힘은 바로 그것이었습니다. 그것으로 그는 바람을 일으켰습니다. 아무것도 아닌 것 같지만, 가장 중요한 것을 우리에게 가르치고 간 것입니다. 국민이 주인인 나라.

그가 일으킨 바람은 늘 바람으로만 그치지 않았습니다. 이제 그 바람은 이 시대의 상징이 됐고 키워드가 되었습니다. 그 스스로 그러한 역사 속으로 걸어 들어간 노무현 전 대통령은 이제 신화가 됐습니다. 그는 완벽한 대통령이 아니라 정직한 대통령이었습니다.

늘 평안하십시오.

우리의 노키호테여!

광야(曠野)

이육사

까마득한 날에

하늘이 처음 열리고

어데 닭 우는 소리 들렸으랴

모든 산맥(山脈)들이

바다를 연모(戀慕)해 휘달릴 때도

차마 이곳을 범(犯)하던 못하였으리라

끊임없는 광음(光陰)을

부지런한 계절이 피어선 지고

큰 강물이 비로소 길을 열었다

지금 눈 내리고

매화 향기 홀로 아득하니

내 여기 가난한 노래의 씨를 뿌려라

다시 천고(千古)의 뒤에

백마 타고 오는 초인(超人)이 있어

이 광야에서 목놓아 부르게 하리라 (자유신문, 1945년)

노무현 전 대통령 서거 3주기

고 노무현 전 대통령 서거 9주기

노무현 전 대통령 서거 10주기

9

—

노무현 대통령
연보

· 1946년 : 경남 김해시 진영읍 봉하마을 출생

· 1959년 : 대창초등학교 졸업

· 1963년 : 진영중학교 졸업

· 1966년 : 부산상업고등학교 졸업

· 1975년 : 사법 시험 17회 합격

· 1977년 대전지방법원판사 부임

· 1978년 : 부산 변호사 개업

· 1982년 : 부산 미 문화원 방화 사건 변론

· 1985년 : 부산 민주 시민 협의회 상임 위원장으로 시민운동 입문

· 1987년 : 민주 헌법 쟁취 국민운동 본부 부산 본부 상임 집행 위원장 –
대우조선 근로자 최루탄 맞아 사망한 사건 사인 규명하다 구속돼 옥고

· 1988년 : 김영삼 당시 통일 민주당 총재에 발탁돼 부산 동구에서 제13
대 국회 의원 당선, 정치 입문. 5공 청문회에서 예리하고 논리적인 질
문 등으로 이른바 '청문회 스타'가 됨

· 1990년 : 김영삼·김종필·노태우의 3당 합당을 야합으로 규정, 비난
하면서 김영삼과 결별

· 1992년 : 14대 총선 낙선

· 1995년 : 부산시장 선거 낙선

· 1996년 : 15대 총선 통합 민주당 종로 출마 낙선. 국민 통합 추진 위원회(통추위) 결성. 조순·이회창 연대로 통추위 분열. 노무현은 김대중 선택

· 1997년 11월 : 새정치 국민 회의 입당

· 1998년 : 이명박 당시 종로 의원 서울시장 선거 출마 이유로 의원직 사퇴 - 보궐 선거에서 당선 국회 복귀

· 2000년 : 16대 총선, 당선 가능성 있는 종로 공천 거절하고 지역 정서 극복한다며 부산에서 새정치 국민회의 후보로 출마, 낙선

· 2000년 : 해양수산부 장관(재임 기간 200년 8월 ~ 2001년 3월)

· 2002년 : 4월 새천년 민주당 제16대 대통령 후보 선출 - 민주당 내 '노무현 흔들기'내홍

· 2002년 12월 : 제16대 대통령 당선

· 2003년 2월 25일 : 대한민국 제17대 대통령 취임(재임 기간 2003년 2월 25일 ~ 2008년 2월 24일). 퇴임 후 고향인 경남 김해시 진영읍 봉하마을로 귀향

· 2008년 7월 : 박연차 게이트 수사 시작

· 2009년 4월 : 노무현 전 대통령, 부인 권양숙 여사 등 검찰 소환 조사

· 2009년 5월 23일 : 봉하마을 뒷산에서 추락사(투신)

저자 | 문기주

1991년 한국문인협회 동인지에 「소리」라는 작품으로 등단해 '소리'는 살아있음을 의미하는 것이고, '호수(湖水)와 화(花)에도 생명력이 있기에 향기로운 빛깔이 있는 것'이라고 발표해, 박수갈채를 받기도 했다. '예림문학' 회장을 거쳐, '시 마을동호인'에서 평론가로도 활동하고 있다.

전문경영 CEO로서도 활발한 활동을 이어가고 있다. 코오롱 세이브 프라자 본부장과 그린피아 홈쇼핑 사장을 거쳐 세파월드운영기획(주) 회장과 디에스산업개발(주) 회장, 무등피엔씨(주) 회장을 역임하였고 현재는 희합AMC(주) 회장과 전국종합일간지 이 시대의 신문고 '시사일보'의 대표이사 회장, 그리고 크로앙스 회장으로 문학과 기업을 넘나들며 활발한 활동을 펼치고 있다.

수상으로는 '아세아 태평양 평화봉사상 대상', 전국 직능경제인단체 총연합회 표창장, '국가상훈' 유공부문 포상, 자랑스러운 한국인 대상(경제부문) 및 환경부가 주최한 전국환경사랑실천대회 환경실천부문 대상을 수여받았으며 직업·진로를 체험하는 공동체 자문위원장과 법무부 광명지구 보호 관찰위원회 고문으로 활발히 활동하고 있다. 저서로는 코로나19로 직격탄을 맞은 경제 타파를 위하여 집필한 『문기주의 경제 이야기』가 있다. 사회야구단인 블루버드의 초대회장으로도 활동 중이다. 미국 이스턴프라임대학교에서 사회복지학 명예박사 학위를 받았다.

문기주가 기억하는 노무현 대통령

우리 함께 가자 이 길을!

1판 1쇄 인쇄 2020년 8월 8일 **1판1쇄 발행** 2020년 8월 12일
글 문기주
펴낸곳 (주)중앙출판사
주소 경기도 파주시 문발로 405, 204호
펴낸이 이상호
편집책임 한라경   **디자인** 편안한숲

등록 제406-2012-000034호(2011.7.12.)
구입 문의 031-955-5887   **편집 문의** 031-955-5888   **팩스** 031-955-5889
홈페이지 www.bookscent.co.kr   **이메일** master@bookscent.co.kr

ISBN 979-11-86771-40-2 03810
이 책은 저작권법에 의해 보호받는 저작물이므로 무단 전재와 복제를 금합니다.

* 이 책의 띄어쓰기와 맞춤법은 국립국어원의 기준에 따랐습니다.

「이 도서의 국립중앙도서관 출판예정도서목록(CIP)은 서지정보유통지원시스템 홈페이지(http://seoji.nl.go.kr)와 국가자료공동목록시스템(http://www.nl.go.kr/kolisnet)에서 이용하실 수 있습니다.(CIP제어번호:2020031671)」

* 사진에 대한 문의 사항은 연합뉴스로 연락바랍니다.